열여덟살 경원이의

내가 본 중국 그리고 동북공정

저자와
협의하여
인지생략

열여덟살 경원이의

내가 본 중국 그리고 동북공정

지은이 | 이 경 원
펴낸이 | 장 소 임
펴낸곳 | 도서출판 **답게**

초판 인쇄 | 2008년 6월 10일
초판 발행 | 2008년 6월 15일

등 록 | 1990년 2월 28일, 제21-140호
주 소 | 143-838 서울시 광진구 군자동 469-10호(2층)
전 화 | (편집) 02) 469-0464, 462-0464 · (영업) 02) 463-0464, 498-0464
팩 스 | (02) 594-0464

홈페이지 | www.dapgae.co.kr
E-mail | dapgae@chollian.net, dapgae@korea.com

ISBN 978-89-7574-228-6

ⓒ 2008, 이경원

나답게 · 우리답게 · 책답게

* 책값은 뒤 표지에 있습니다.
* 잘못 만들어진 책은 구입하신 서점에서 교환해 드립니다.

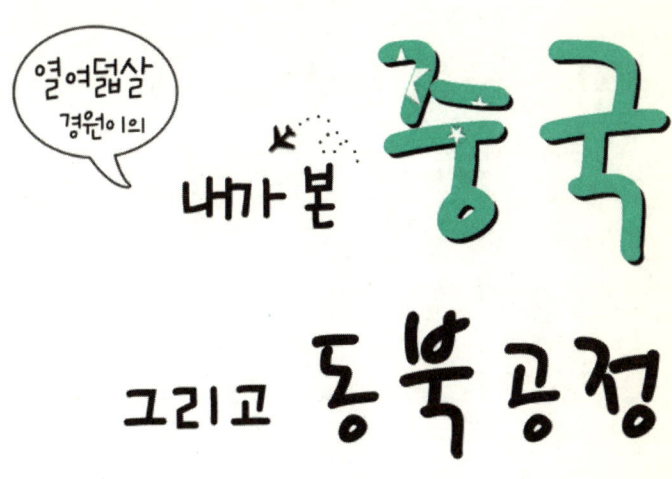

열여덟살 경원이의

내가 본 중국

그리고 동북공정

| 이경원 지음 |

답게

　　고등학교 1·2학년 방학기간을 이용한 세 차례의 중국 답
사였습니다. 고등학생 신분으로는 사치스러운 답사라고 여
겨질 수도 있겠습니다만, 저는 중국의 유구한 역사를 지닌
문화의 중심지 북경에서 21세기 박지원이 되어 동북공정의
흔적과 중국의 서양문명 흡수와 융합 의도의 현장을 찾아
쉴새 없이 돌아다녔습니다.

　　만리장성, 자금성 같은 중국의 거대한 역사의 기념비적
유적에서부터 뒷골목의 먹거리 시장까지…….
　　이 답사를 통해 저는 앞으로 역사학도로서의 학문적 목표
를 발원(發願)했고, 제 일평생을 학문과 함께 하며 살기로 저
스스로에게 약속하였습니다.

　　박지원, 정약용 같은 대학자의 자취를 좇으며 그들의 시
대적 고민과 깊은 사유(思惟)를 간접적으로나마 체험한 것은

저에게는 어떤 유혹으로도 대체할 수 없는 신선한 지적 충만감을 가져다 주었습니다.

조선 후기 다수의 학자들은 새로운 것에 대한 앎의 의식을 접고 무서운 독단으로 빠져들어 가고 있었습니다. 당시 사회는 계속적인 모순으로 골머리를 앓아왔지만 이에 마땅한 해결책을 제시하는 학자는 극소수에 불과했습니다.

박지원은 시대가 원하는 답을 구하러 중국 열하에까지 이르며, 이때의 사상적 교류를 집대성한 대작 〈열하일기〉 외에 많은 책을 집필하였습니다.

또 정약용은 정치적인 탄압으로 강진에서 수십 년 동안의 유배생활을 하며, 시대의 아픔과 모순을 해결하기 위해 수많은 책을 집필했습니다.

저는 이 책을 쓰면서 아직까지는 대학자들이 겪은 깊은 시대적인 통찰이나, 해결책에 이르기는커녕 코빼기도 닿지 못하였습니다. 그저 제 미약한 학문적 성취욕을 책에 힘들게 나타내고자 고민한 흔적에 불과합니다.

하지만 한 가지만은 확실합니다. 저는 그 대학자들이 느끼고 경험했던 깊은 시대적 사유를 좇아가려고 시도했다는 점입니다.

비록 이 시도가 작은 성취나마 이루었는지, 전혀 쓸모없는 무모한 철옹벽에 대한 두드림이었는지는 모호하지만, 시도든 두드림이든 그 자체가 앞으로 제가 학문을 하는데 있어서 '보이지 않는 손'에 의한 어떤 크나큰 기반이 될 것임은 분명하다고 생각합니다.

앞으로 저는 박지원, 정약용 같은 대학자 뿐만 아니라 역대 사상가들이 벌였던 치열한 정신적·지적 활동을 계속 추적해 나가며, 그 정점의 사유(思惟)를 온전히 체득한 후에, 다시 저 자신만의 독창적인 사유의 흐름을 재창조하고자 합니다. 이것이 제 일평생의 목표가 될 것입니다.

소설 〈큰 바위 얼굴〉에서 주인공 어니스트가 전설 속의 영웅으로 나타날 것이라는 큰 바위 얼굴을 매일같이 진실하고 겸손한 마음으로 쳐다보며 그러나, 마침내 전설 속의 주인공이 된 것 같은 일이 저에게도 일어나기를 기도합니다.

2008년 초여름
이 경 원

| 차 례 |

실학사상에서 나를 만나다

::: **다산 정약용과의 조우 遭遇**

　저는 학교에 들어가기 전까지는 춘천 쪽에서 흘러오는 북한강과 충주 쪽에서 흘러오는 남한강이 숙명적으로 만나는 양수리 별장에서 꽃처럼, 시냇물처럼, 별처럼 살았습니다. 개인적으로 양수리라는 지명보다는 〈두물머리〉라는 순우리말에 더 애착심이 갑니다.

　이 곳에서 저의 학문의 사표(師表)인 실학의 태두(泰斗) 다산 정약용1과 운명적 조우(遭遇)를 합니다. 그가 태어난 곳

---

1 조선 영조 38년(1762년 6월 16일 사시〈巳時〉) 사도세자가 죽은 다음 날 경기도 광주에서 태어난 대학자. 자는 미용(美鏞), 호는 다산(茶山)·여유

이 경기도 광주군 초부면 마현리, 현재 행정구역으로는 경기도 남양주시 조안면 능내리 마현마을로 두물머리 사람이니, 당신과 나는 시공(時空)을 뛰어넘어 같은 물을 마시고, 같은 햇볕을 쪼이며, 같은 풍광(風光)에서, 같은 생각을 갖게 되었나 봅니다.

∷ 혈육붙이와의 별리 別離

1997년 초등학교 1학년 즈음 공습처럼 IMF가 한반도를 급습하고 아버지의 사업 부도로 집안은 패닉상태에 빠지게 되었습니다.

부모님의 이혼, 아버지와의 이별, 서울로의 전학, 이 모든 일련의 사태가 어린 저로서는 감내하기 힘든 충격 그 자체였습니다.

생활전선에 뛰어든 어머니를 뵐 수 있는 시간이라고는 하루에 고작 한 시간 남짓하고, 그때부터 고3이 된 지금까지도

당(與猶堂) 또는 사암(俟菴). 문장과 경학(經學)에 뛰어난 일세의 석유(碩儒)로 유형원(柳馨遠)과 이익(李瀷)의 실학을 계승, 집대성함. 조선시대 최초의 천주교 영세 교인 이승훈(李昇薰)의 처남. 신유박해(辛酉迫害)와 조카사위인 황사영(黃嗣永)의 백서사건(帛書事件)에 연루되어 전라도 강진으로 귀양감. 『마과회통(麻科會通)』·『목민 심서(牧民心書)』·『흠흠신서(欽欽新書)』·『경세유표(經世遺表)』등의 저서가 있다.

어머니는 저를 챙겨주실 여유가 없으십니다.

그러나 사도세자의 죽음으로 시파와 벽파의 싸움이 생기고, 이 연장선상에서 [신유사옥]이 발생하여 정약용은 천주학으로 박해를 받았지만, 서양사상을 다양하게 섭렵하는 계기가 되어 유배 중 불후의 명작들을 저술하였듯, 저도 후에 언급하겠지만 어린 나이에 감내하기 힘든 시련을 겪는 통에 실학을 만나게 되었고 역사학자의 길을 선택하게 되었으니, 인생의 긴 항해 중 일어나는 행·불행에 일희일비할 것은 못된다 하겠습니다.

:: 나의 실패의 원인은 어디에?

복잡한 상황 속에서 하이데커의 표현을 빌리자면, 나 혼자 이 세상에 피투체(被投體)처럼 내던져지자 이러한 환경에 적응을 못한 저는 활발한 성격이 형성되지 못했고, 또래 아이들과 잘 어울리지 못한 채 인간관계(human relations)에서도 형식적인 사귐을 반복할 뿐이었습니다. 중2때까지 집에 틀어박혀서 게임에만 몰두했을 정도였으니까요.

결국 현실과 괴리되었고, 제 현실 속의 진정한 자아와 사이버상의 자아가 뚜렷이 구별되지 못해 많은 혼란이 있던 시기였습니다. 자연히 친구들과의 관계에서도 어려움을 겪었습니다.

공부도 잘 못했고 스포츠도 꽝이었습니다. 인간관계에 고민을 하고, 혼자서 있는 시간이 많다보니 인생에 대해 교훈이 되는 책, 인간관계를 성공적으로 맺는 처세술 등의 책을 정말 많이 읽었습니다. 하지만 결과는 언제나 실패로 귀결되었습니다.

저는 제 인생의 여러 부문에서 일어나고 있는 일련의 실패들의 원인이 너무나 궁금했습니다. 언제까지나 실패자로 살아갈 것 같았고, 이를 헤쳐나갈 자신감도 없었습니다.

::: 성리학 (性理學)[1] 그 허무함에 대하여

그러던 어느 날 학교에서 국사를 배우던 중 벼락처럼 깨우친 것이 있습니다.

---

1 중국 송나라 때의 유학(儒學)의 한 계통으로 성명(性命)과 이기(理氣)의 관계를 논한 유교 철학. 한(漢) 및 당(唐) 이래의 경서의 주석만을 일삼던 훈고학(訓詁學)을 배척하고, 보다 깊은 철학적 고찰을 통하여 우주의 본체

뒤에서 자세히 언급하겠지만, 역사의 한 마디가 풀리는 과정에서 저의 자아존중감을 불현듯 깨달은 것입니다.

조선 전기(前期)부터 대부분의 성리학자(性理學者)들은 중국의 속국(屬國)이라는 인식을 가지고 살았습니다. 성리학자들은 사대주의(事大主義)적인 세계관을 가지고 있었으며, 학문·정치 등등에서는 조선 고유의 정체성을 찾기 힘들었고, 중국의 것을 대부분 그대로 답습했습니다.

조선은 화이사상(華夷思想) 속에서 언제나 중국의 종속변수(從屬變數)에 불과했고, 당시 학자들도 그것을 당연하게 받아들였습니다. 그런데 조선 중기(中期)를 거쳐 서양 문물이 들어오게 되면서, 경제가 발전함에 따라 의식이 변화되었습니다.

이러한 상황 속에서 실학자(實學者)들이 개혁적인 의식을 가지고 하나 둘씩 나타났습니다. 실학자들은 성리학(性理學)이 현실과 괴리되어 있어서 계속되는 사회의 모순을 개혁적으로 해결하는 좋은 인식의 틀이 되지 못한다는 것을 깨달

와 인성(人性)에 관한 연구를 하였음. 북송(北宋)의 주돈이 (周敦頤)를 비롯하여 여러 대유(大儒)가 뒤를 이었고, 주자(朱子)에 이르러 집대성되었음. 여말(麗末)에 우리나라에 들어와 조선시대 때 특히 성하여 국시(國是)가 되었음.

은 것입니다.

:: 실학 實學[1] — 조선의 주체성을 세우다

당시 실학자들에게는 현실 그 자체를 설명해주는 학문이 절실히 필요했고, 그래서 그들은 근대정신(近代精神)과 민족적 주체성을 강조한 실학(實學)을 연구하게 되었던 것입니다. 실학자들은 반청적(反淸的), 반화이론적(反華夷論的) 사상을 주장했고, 주자학(朱子學)을 극복하려고 노력했습니다.

실학자들은 조선 성리학(性理學)의 근원인 주자학에 대해 서서히 비판을 가하기 시작합니다. 그전까지 유일무이(唯一無二)하고 절대적인 이론이었던 주자를 상대화시킴으로써 조선의 주체성을 세우기 위한 노력이 시작된 것입니다.

---

1 조선시대 중엽, 당시 지배계급의 학문이던 성리학의 형이상학적인 공리론(空理論)의 반동으로 일어난 실사구시(實事求是)와 이용후생(利用厚生)에 관하여 연구하던 학문.

:: 필연으로 역사학자의 길을 택하다

앞에서 제가 벼락처럼 깨달은 것은 바로, 이 조선 후기 (後期) 실학사상에서 제 자신을 섬뜻하게 직면(直面)하였다는 것입니다.

할(喝)![1]

저의 낮은 자아존중감 그리고 조선의 사대주의적 관점이 그것이었습니다. 제 현실의 상황이 역사 속에 구현되어져 있는 것이, 처음 접했던 순간의 신앙만큼이나 신비했습니다.

'진정한 학문이란 이런 것이다'라고 깨우쳤습니다. 그 전까지는 공부란 그저 이해·암기 그리고 시험으로 이어지는 단순 수동적인 것이라는 생각 뿐이었습니다. 하지만 제가 제 자신의 자아에 대해 치열하게 고민하던 중에 그 아무 의미 없던 국사책에서 저와 비슷한 동병상련(同病相憐)의 고민을 겪고 있는 친구, 실학(實學)을 만난 순간 나에게 국사책은 천둥처럼 엄청난 존재의 의미로 다가왔습니다.

이 순간 저는 학문에 정진하는 법이 배움을 삶의 전반에

---

1 사견(邪見)이나 망상을 꾸짖어 반성하게 하는 소리. 선가(禪家)에서는 말이나 글로 표현할 수 없는 도리를 표시하는 소리.

연결시키는 것이라는 것을 알게 되었고, 문학·철학·역사학 등의 학문이 제 자신에 대한 성찰(省察)에서 시작되는 것임을 깨달았습니다. 이렇게 늦게 학문에 재미를 느끼게 되면서 저는 학자로의 길을 택하게 된 것입니다.

일언이폐지왈(一言以蔽之曰), 저는 저의 실패의 원인은 제 자신의 주체성 부족에서 연유된 것임을 깨달았습니다.

낮은 자아존중감, 확고한 주체성의 부족 등이 저의 실패의 근본 원인이었습니다. 저는 지금도 계속해서 저의 자아존중감을 제고하려 하고, 제 자신의 진실한 모습을 찾으려고 노력하고 있습니다.

이 노력은 지금 현재진행형(現在進行形)에 있습니다.

나는 누구인가?

저는 저 자신이 누구인가에 관심이 많습니다.

자아(自我)에 대한 고민을 많이 하는 편입니다. 제 자신의 성격적 특징과 가치관 등을 짚어보겠습니다. 물론 이것들은 언제든지 바뀔 수 있는 가변적인 것이지만요.

우선 동양학에서는 현실도피적인 사상이 아닌 현실을 살아가는 방법으로서 노자(老子)[1]의 도가사상(道家思想)에 호감이 갑니다.

정확하고 차별적인 구별, 완벽을 고집하는 것, 형식적인 예절, 인위적인 것 등과는 친하지 않습니다. 진실하고 구별

---

[1] 중국 춘추시대의 철학자로 도가(道家)의 시조. 성은 이(李), 이름은 이(耳), 자는 백양(伯陽)으로 초나라 사람이다. 난세를 피하여 함곡관(函谷關)에 이르렀을 때 관의 영(令) 윤희(尹喜)가 도(道)를 구하매, 도덕오천언(道德五千言), 곧 노자도덕경(老子道德經)을 지어주었다 한다.

이 없는 어린 아이, 어머니와 같은 마음을 저는 선호합니다.

비정상적일수도 있지만 제 안의 남성적 특징과 여성적 특징, 선하고 악한 모습, 강하고 나약한 모습 등 이중적(二重的)인 성격이 공존해 있음을 불안 없이 수용합니다.

그리고 서양학에서는 경험론(經驗論)[1]을 선호하고, 데이비드 흄의 사상이 마음에 와 닿습니다. 논리 분석적, 이성적인 것도 중요하다고 생각하지만 직관(直觀)을 더 선호합니다.

극단으로 치우치지 않는 아리스토텔레스의 중용(中庸)[2]을 삶에서 매우 중요하게 여기고 있습니다. 역사와 더불어 철학·예술·과학·사회복지·국제법 등 여러 학문들과 연관해서 폭넓게 연구를 하고 싶습니다.

실학자 박지원(朴趾源)의 이용후생적(利用厚生的)인 관점과 개혁적인 성향을 좋아합니다. 저는 21세기 한국의 역사학자로서 주체성(主體性) 있는 삶을 살아가고 싶습니다.

좌우명(座右銘)은 '세상을 꿈과 희망이 넘치는 곳으로 만들자'입니다.

---

1 모든 인식은 감성적 경험에 의한다고 생각하며, 인식에 있어서의 초경험적 또는 이성적 계기를 인정하지 않는 인식론적 입장.
2 이성에 의하여 욕망을 통제하고 지견(知見)에 의하여 과대와 과소의 양극의 올바른 중간을 정하는 아리스토텔레스의 덕론(德論)의 중심 개념.

나는 왜 이 책을 쓰는가?
하필이면 중국인가?

　이 답사기를 쓰기 위해 2006년 5월과 8월 그리고 2007년 1월 세 차례에 걸쳐 중국에 다녀왔습니다. 책을 쓰고 싶었던 이유는 역사학자를 꿈꾸고 있는 청소년으로서의 다짐과 포부를 세상에 남기고 싶다는, 더 솔직하게 표현하면 나 자신에게 각인시키기 위한 마음에서였습니다. 학문의 길을 가다 어떤 힘든 현실에 부딪혀서 제 꿈의 중심을 잃는 일에 흔들리지 않게 하기 위해 지금 세상에 작게나마 외치는 것입니다.

　제가 대상지를 중국(中國)으로 정하게 된 것은 앞에서 언급한 바와 같이 제 학문적인 시작이 저의 주체성에 대한 자각에서 비롯되었기 때문입니다.

조선시대 실학자들도 조선(朝鮮)의 주체성을 찾기 위해 치열하게 사유했고 고민했으며 시대적 모순의 해결을 위해 간 곳이 바로 중국(中國)이었습니다.

당시 실학자들이 중국에 가서 본 서적과 서양의 문물 등은 그들의 중화주의적 인식(中華主義的 認識)을 무참히 깨기에 충분했습니다. 세계는 중국 중심이 아니라는 것을 아이러니컬하게도 바로 중국 본토에서 확인하고 간 실학자들은 조선의 주체성을 세우는데 열을 올렸습니다.

저는 지금 이들과 같이 저 자신의 주체성을 세우는데 공을 들이고 있습니다. 저는 그곳에서 당시 그들이 무엇을 보고 무엇을 깨달았는지 궁금했습니다. 그래서 중국을 택했습니다. 결국 중국을 대상지로 택한 것은 당시 실학자들의 역사적 활동 자체를 확인하러 간 것이 아니라, 저 자신을 보러 간 것입니다.

저의 당시 목적이 이러했고, 이 목적을 달성하기 위해 중국에 가서 보아야 할 것들을 미리 차근차근 알아 보았습니다. 동아시아 학문 교류의 장(場)이였던 유리창(琉璃廠), 옛 강성했던 고구려의 영웅들이 맞닥뜨렸던 만리장성, 화이론적 세계관(華夷論的 世界觀)에서의 탈피에 결정적 역할을 했던 마테오 리치(Matteo Ricci)[1]의 서학문물 등을 미리 나름대로 열심히 공부했습니다.

이 모든 것이 실학자들이 다니고 경험했던 살아있는 역사의 현장이었습니다. 저는 이러한 일정을 정하고 중국으로 떠나 옛 선조들이 느꼈던 그 감정과 사유를 시공을 초월하여 같이 느껴보고 싶었던 것입니다.

결국 서는 세 차례의 중국 답사를 통해 당시 실학자들을 직·간접적으로 만나보고 또한 결정적으로 한반도의 역사학자로서 저의 정체성을 통쾌하게도 중국 본토에서 제 자신에게 확인하고 돌아오게 되었습니다.

---

1 이탈리아의 예수회 소속 수사(1552~1610년). 중국 명나라 말기에 중국에 건너가 전교(傳敎)에 종사하는 한편, 서구 문명을 소개함. 중국에서 죽었으며, 한자 이름은 이마두(利瑪竇)이다.

동북공정 그 현장에 서다

2007년 1월, 답사 이틀째 되던 날 만리장성 박물관에서 본 지도는 충격 그 자체였습니다. 만리장성이 평양 앞까지 이어지게 제작된 지도는 저의 가슴을 메어지게 했습니다.

중국의 옛 중화주의가 21세기에 다시 발현되지 않을까 걱정됩니다. 현재 티베트[1] 사태도 마찬가지 입니다. 중국은 티베트를 자국의 소수 민족 중의 한 부류로 만들어 자국의

---

[1] 중국 본토의 서쪽, 인도의 북쪽, 파미르(Pamir) 고원의 동쪽에 위치하는 고원지대. 황하·양자강·인더스강 등이 여기에서 발원함. 18세기 이래 중국의 종주권하에 있었으나, 20세기에 들어 영국의 실력에 의한 지배를 받아 그 보호하에 교황 자치국의 형식을 이루고 있었으나, 2차대전 후 중국의 치하에 들게 되어 1965년 티베트 자치구가 됨. 2008년 북경 올림픽에 즈음하여 독립운동이 벌어져 유혈사태를 빚고 있음. 티베트족이 주를 이루며, 라마교(Lama 敎), 중심도시는 라사(Lhasa), 티베트는 서장(西藏)이라고도 함.

정치적·군사적·자원적 이득을 취하고 있습니다. 중국은 티베트의 역사를 중국에 강제로 편입시키려는 공정을 지속적으로 시도하고 있습니다.

역사를 왜곡하고, 중국의 언어를 강제로 배우게 하며, 티베트의 문화를 학살하고 있는 중입니다.

우리나라의 경우도 예외가 아니어서, 중국은 만주에 살고 있는 조선족을 종속시키기 위해 고구려 역사를 자국 역사에 강제 편입시키려 하고 있습니다. 조선족이 한민족의 정체성을 갖게 된다면 그것이 여러 소수 민족에게까지 바이러스처럼 퍼져 중국 자체 내 분열을 일으킬 소지가 있기 때문입니다.

옛부터 대부분의 나라가 국력이 융성할 때 자국 역사 편찬이 활발했었습니다. 백제가 삼국의 주도권을 장악했을 4세기 근초고왕(30년; 375년) 당시 박사 고흥은 역사서 〈서기(書記)〉를 편찬했고, 고구려도 초기에 지어졌던 유기(留記) 100권을 재편찬하여 7세기 영양왕(11년; 600년)때 이문진(李文眞)이 간추려서 〈신집(新集)〉 6권으로 만들기도 했습니다. 그리고 신라도 6세기 진흥왕(6년; 545년)때 거칠부(居柒夫)가 〈국사(國史)〉를 편찬했습니다.

중국은 지금 시장경제 체제를 도입하여 무섭게 성장하고 있습니다. 몇 십년도 채 되지 않았는데 중국이 이제 초강대국 미국과 잠재적으로는 대등한 상태에까지 위상이 올라간 것 같습니다. 더욱 2008년 베이징 올림픽을 계기로 중국은 세계 속에 우뚝 서려 안간힘을 다하고 있습니다.

반면에 미국은 경제 불황으로 장기침체가 예상되고 있어 중국의 봉건적인 가치관인 중화사상(中華思想)이 상대적으로 탄력을 받을 것으로 예측됩니다.

고래(古來)로 국력의 신장과 맞물려 역사 편찬이 활발해지는데, 중국도 지금 역사를 중화주의적 관점에서 재편하려는 것 같습니다. 서북공정(西北工程), 동북공정(東北工程) 등 그 심상치 않은 움직임을 드러내고 있습니다.

중국이 앞으로 어떤 활동을 벌일지 예의주시하여야 합니다.

그래서 저는 21세기 역사학자로서 중국에 대응하기 위해 물론 나 자신의 가치관(價値觀) 정립을 우선으로 하겠지만, 더불어 한반도의 미래상을 효과적으로 제시하고 싶습니다. 그러기 위해서는 무엇보다도 제 학문적인 기반을 견고히 다지도록 하겠습니다.

동북공정과 한반도의 미래상

앞에서 언급한 바와 같이 한 나라의 국력이 강성하거나 부흥할 때 역사 편찬이 활발해집니다. 따라서 지금 중국의 강성한 형세를 막기는 어려울 것 같습니다.

그렇기에 지금 한반도에서 우리가 반드시 이루어야 할 과제는 두 가지가 있습니다.

우선 첫째는 통일(統一)입니다.

현재 남한과 북한은 중국, 일본 등과 영토문제가 복잡하게 얽혀있습니다. 예를 들어 간도문제(間島問題)[1]에 대해 중국

---

1 지금의 만주 간도 지방의 영토 귀속권을 둘러싸고 야기되었던 우리나라와 청국간의 분쟁사건. 동간도(東間島)는 두만강 북쪽 쑹화강(松花江) 지류인

과 논쟁이 있습니다. 우리가 이론적으로는 중국보다 더 타당한 간도 영유권에 대한 논거를 가지고 있을지라도 분단된 상황에서는 그 논거도 위력을 발휘하지 못합니다. 국제재판소[1]에 간도분쟁을 제소하였다고 가정할 때, 만약 북한이 중국편에 서버린다면 최악의 사태가 발생할 수도 있을 것입니다.

우선은 북한과의 학술교류를 통해 영토분쟁 등의 역사왜곡에 관한 의견 합치를 이루어야 하겠지만, 궁극적으로는 통일이 되어 한목소리로 논리정연하게 대응하여야 할 것입니다.

둘째는 국력을 향상시키는 것입니다. 다른 조건이 다 갖추어진다고 해도 국력이 약하면 현재 티베트처럼 중국의 역사 왜곡에 속수무책일 수밖에 없을 것입니다.

국력이 융성해진다면 오히려 한국 중심의 새로운 역사를

토문강(土門江) 일대의 지역으로, 우리나라 사람이 다수 거주하고 있을 뿐 아니라, 정계비 비문에 새겨진 '서위압록 동위토문(西爲鴨綠 東爲土門)'에 의해서도 우리나라 영토로 인정되는데 대하여, 청국은 토문이 두만강이라고 우겨 동간도의 영유권을 주장하여 조선 고종 20년(1883년) 이래 계정문제(係爭問題)로 되었으나, 을사조약 후에 일본이 1909년 만주에서의 철도 부설권 등과 교환조건으로 동간도를 청국 영토로 인정하는 협약을 맺었음.

1 국제분쟁을 해결하기 위하여 국가간에 설치한 재판소. 네덜란드 헤이그에 상설되어 있는 국제사법재판소. 상설중재재판소 외에 당사국간에 개별적으로 설치되는 개별중재재판소, 혼합중재재판소 등이 있음. 특히 국제사법재판소에는 한국인 송상현 재판관이 계시다.

쓸 수 있다고 봅니다. 하지만 우리들은 타국의 역사 왜곡을 계속해서 경험해왔으니 자국 '중심'의 역사관이 가지는 위험 성을 누구보다 익히 알 것입니다.

세계는 궁극적으로 민족(民族)[1]이라는 집단을 초월해서 통일적 역사관을 지향해야 합니다.

자, 그러면 이제부터 경원이의 열하일기(熱河日記)[2]가 계 속됩니다.

'중국이 동북공정(東北工程)을 멈추는 그날까지,

전국민이 우리의 역사를 바로 아는 그날까지…'

---

1 인종적 및 지역적으로 기원(起源)을 같이 하거나 같다고 믿으며, 역사적 운명과 문화적 전통, 특히 언어를 공통으로 하는 기초적인 사회 집단. 인 종이나 국민의 범위와 반드시 일치하지 않음.
2 연암(燕岩) 박지원(朴趾源)이 조선 정조 4년(1780년)에 청나라 가는 사신 을 따라 열하까지 갔을 때의 기행문으로, 자연과 인생과 역사에 대한 관 찰이 밝으며, 그 문장이 유려함. 그러나 당시 시대상을 비판하고 앞서가 는 사상을 가진 박지원에 대한 기득권층의 비난이 들끓어, 정조는 그에게 자송문(自訟文), 곧 반성문을 쓰도록 하였다.
박지원 일행은 북경에서 사흘을 머문 뒤 닷새간의 노정 끝에 열하에 당도 하였다. 여름이 되어 열하에 머문 황제인 건륭제가 자신의 생일인 만수절 행사에 조선 사신을 불렀기 때문이다. 뜨거운 물이 나온다하여 열하(熱河) 라는 지명이 붙여져 있는데, 사실로 이곳에는 몽골 · 여진 · 한족 · 티베트 를 비롯해 이슬람 · 조선족에 이르기까지 함께 어우러지는 열기가 넘치는 세계 문명의 중심축이었다.

2007. 1. 17(수)

이경원, 21세기 박지원이 되어
세 번째 북경 역사 기행을 떠나다

5시 32분 55초. 눈을 떴다. 이제 출발이다. 중국 북경으로 또 한 번의 답사를 떠난다.

이번이 21세기 박지원(朴趾源)[1]이 되어 떠나는 세 번째 답사이다.

조선 후기 지식인들이 북경에 가서 보았던 '그것'들을 내가 직접

---

1 조선시대 정조 때의 문장가, 실학의 대가(1737~1805년). 자는 중미(仲美), 호는 연암(燕岩). 일찍이 청나라에 다녀와서 〈열하일기(熱河日記)〉 26권을 저술하여 그 웅혼한 문장으로 중국에까지 이름을 날림. 홍대용(洪大容) 등과 함께 청조(淸朝)의 문물을 배워야 한다는 이른바 북학파(北學派)의 영수로 이용후생(利用厚生)의 실학(實學)을 강조함. 그의 문학 작품으로는 〈양반전〉과 〈허생전〉이 있는데, 〈허생전〉은 열하일기의 제10권 〈옥갑야화〉의 별칭임.

가서 하나하나 다시 살펴보게 될 것이다.

'그것'들을 어떻게 만들어 오는가는 나에게 달려 있다. 고등학교 2학년으로서 아직 작은 '나'이지만, 보다 지적으로 성숙된 모습으로 돌아올 수 있기를 바란다. 어제 밤 수학 숙제에 약간 지쳐서 새벽 활동이 다소 힘이 들지만, 준비된 답사 일정이라 은근히 기대가 된다.

오전 7시 공항으로 가는 길은 순탄치 않았다. 새벽 안개가 매우 짙게 끼어 운전을 하시는 어머니를 보니 매우 힘들어 하신다. 바로 앞 일 미터 정도도 안 보이는 심한 안개였다. 하도 인천 공항을 가는 길에서 긴장을 해서 목이 다 뻑뻑했다. 그러나 마음만은 마치 구름을 뚫고 하늘로 올라가는 듯한 느낌을 받아서 기분이 상쾌했다.

'출발!' 이 단어는 나를 항상 설레이게 한다. 이곳에서 저곳으로 간다는 것은 내 삶의 지경(地境)을 조금씩 넓히는 일이다. 그래서 좋다. 답사를 하면서 디딛는 한걸음 한걸음마다 나 자신이 조금씩 성장한다는 느낌을 받게 된다.

체크인을 하고 중국으로 가는 비행기에 몸을 실었다. 3번

게이트의 38번 문이다. 공항의 좌측 맨 끝의 탑승구로 몸을 옮겼다. 신문을 하나 먼저 챙겼다. 스포츠 신문으로 설레이는 마음을 조금씩 진정시켰다.

내가 일상을 보내며 살던 곳에서 훌쩍 떠나 다른 낯선 곳에 머문다는 것은 참으로 매력적인 일이다. 억눌리고 답답했던 학교생활을 벗어나 잠시나마 자유로운 곳으로 분리된다는 의미도 있다.

하지만 더욱 중요한 것은 일상으로부터의 짧은 외도(外道)가 나에게 보다 알찬 삶을 사는 데 도움이 된다는 점이다. 고등학생에게는 다소 사치스러운 여행이라고 볼 수도 있지만, 동아시아 역사학자가 되는 것을 목표로 삼은 나에게 이번 북경 답사는 매우 값진 경험이 될 것이다. 그래서 나는 당당하게 '출발'한다.

그런데, 문제가 생겼다. 안개가 너무 짙게 끼어 비행기가 이륙을 하지 못했다. 참 세상 일이란 마음먹은 대로 순조롭게 진행되는 것이 아닌가 보다. 안개가 끼어 한 시간이나 지체되었다. 아침에 일어나서 공항으로 오는 길도 순탄치 않았는데, 연이어 비행기 이륙마저 만만치 않다.

10시 30분 드디어 이륙했다. 비행기가 인천국제공항을 빠져 나와 서해로 진입한다. 고도를 올리는 비행기의 항해를 몸으로 느낄 수 있었다. 귀가 멍해오고 침을 삼키면 뻥하고 뚫리는데, 이때 심장과 폐는 황홀경을 느낀다. 고도를 올릴 때마다 몸은 자기 반응을 보인다. 비행기가 오르고 오르다가 최고 높이로 올라갔다.

이렇게 한 시간 반만 가면 북경[1]이다. 탑승 체크와 대기, 지체 등 일련의 과정이 대략 여섯 시간 걸렸다면 실제 비행 시간은 너무 짧다. 비행시간만 따지면 한 시간 반이지만, 막상 집에서부터 공항까지 그리고 탑승 과정, 비행, 도착 등을 모두 합치면 일곱 시간은 족히 걸린다.

고등학교 생활도 이렇다고 생각한다. 눈에 보이는 결과만을 본다면 쉽게 말할 수 있지만, 막상 해보면 그보다 과정에 더 많은 공력(功力)이 든다.

---

1 베이징 : 중국 허베이성(河北省) 화베이(華北) 평야의 분지에 있는 대도시로, 중국인 공화국의 수도. 요조(遼朝) 이래 역대 900년 간의 수도였으며, 전 중국의 정치・군사상의 중추임. 시가는 허베이 평야에 자리잡아 내성, 외성의 이대부(二大部)로 되어 성곽・건축이 웅장하고 모직물・철강・제지・금속・화학・식품 등의 근대공업이 발달함. 자금성은 구왕궁이며 징산(景山)・베이하이(北海)공원・천단(天壇)・이허위안(頤和園)・천안문(天安門)・공자묘(孔子廟) 등의 명승 고적이 많음. 옛 지명은 연경(燕京)・베이핑(北平). 2008년 올림픽 개최도시.

'한 시간 반밖에 안 걸리는 중국 북경'이 아니라 '일곱 시
간의 북경'인 것이다.

12:30
대붕이 이륙하려는 중국 심장에서 한류를 떠올리다

드디어 북경(北京)에 도착했다. 겨울 바람과 함께 중국 특
유의 내음이 퍼져왔다. 수천 년을 거치며 묵은 장(醬)맛처럼
숙성되어온 향기였다. 나라마다 공항에 내리면 그 나라 특유
의 냄새가 난다. 한국에서 호흡했던 익숙한 향기는 잠시 제
쳐두고, 지금 현재 중국 대륙의 향기를 온전히 호흡하고 싶
은 게 나의 소망이다.

북경 공항은 인천 공항에 비하면 우리나라 70년대 지방
버스 정류장과 같이 낙후되어 있었다. 그런데 놀라운 것은
북경 올림픽을 준비하면서 어마어마한 대형 국제공항을 건
설하고 있다는 것이다. 흡사 모양은 장자(莊子)[1]에 나오는

---

1 중국 전국시대의 사상가 · 도학자(B.C. 365~B.C. 290년). 이름은 주(周),
  송나라 사람. 만물일원론(萬物一元論)을 주장하였음. 인생관은 사생을 초
  월하여 절대 무한의 경지에 소요(逍遙)함을 목적으로 하였고, 또한 인생은
  모두 천명(天命)이라는 숙명설을 취하였다.

하루에 9만리나 난다는 대붕(大鵬)과 닮았다. 곤(鯤)이라는 물고기가 변해서 되었다는 신화 속의 새가 크게 날개를 펴고 있는 형상이다. 이것이 이번 중국 답사의 첫 번째 충격이었다.

중국의 야망이 내 눈에 확연히 들어왔다. 비행기가 처음 땅에 닿는 순간 누구나 이를 목격하게끔 동선(動線)이 마련되어 있었다. 외국에서 입국하는 사람들은 모두 지금 하늘을 향해 솟아올라가는 국제공항 건설 현장을 보면서, 이제 중국의 비상(飛上)이 시작되려 한다는 생각을 할 것이다.

장자에 나오는 대붕의 형상으로 천지(天地)를 날아가게 될 중국의 미래를 상기하게 된다.

많은 경제 전문가들은 2035년경 중국이 미국을 제치고 세계 경제의 정상에 오르게 될 것으로 예측한다. 오리엔탈리즘(동양풍·동양학)의 재림이 실현되는 것이니, 그때 중국은 저 대붕의 형상을 한 국제공항과 같이 전 세계를 품 안에 담고 날아오를 것이다.

지금부터 우리는 조금은 두렵기도 한 이러한 중국의 비상에 대응하는 실천적인 방안을 차근차근 준비해야 할 것이다. 이런저런 생각 끝에 마침 그 대비책 하나를 절실하게 깨달았다. 그것은 아이러니하게도 다름아닌 '한자(漢字)'[1]이다.

호주에 갔을 때와는 달리 여기서는 너무도 당연한 일이지만, 모든 것들이 한자로 표기되어 있다는 것이 새삼 흥미롭게 다가왔다. 왠지 모를 편안한 마음마저 들었다. 한자의 대기 속에서 몸을 움직이니 영어권 국가의 문화 속에서 행동할 때와는 또다른 느낌을 받았다. 이것이 바로 동아시아 문화권의 공통분모가 아닌가 하는 생각이 든다.

한자를 통해 공통된 사고와 의식을 가지게 되어서 그런지 북경(北京)의 인상은 여타 서구와는 다르게 이질적이지 않았다. 같은 한자 문화권(漢字 文化圈)에서 많은 동질적인 가치를 함께 형성해 온 중국이다. 이러한 맥락에서 중국에 대한 경각심과 함께 동질감이 느껴진다.

그런데 여기서 내가 말하는 '한자(漢字)'란 중국이 만들어서 한국과 일본에 전파한 글자를 말하는 것이 아니라, 한·중·일 모두가 함께 만들고 사용하고 발전시킨 표기 수단을 말한다. 우리나라도 역시 한자가 만들어지고 전해져서 발전하는 국가이다.

---

1 중국어를 표기하는 중국 고유의 문자. 기원전 10 수 세기의 은(殷)나라 때 이미 사용되었음. 상형(象形)·지사(指事)·회의(會意)·해성(諧聲)·전주(轉住) 문자 등으로 발달한 표의적(表意的) 음절(音節) 문자로, 표음(表音) 문자도 많으며 총수는 5만이 넘으나, 실용자수는 1만 내외임. 고대의 과두문자, 대전·소전 등의 전서, 예서 등에서 해서로 발전하여 행서·초서로까지 발전함. 현재 중국에서는 간체자(簡體字)를 씀.

이런 저런 생각을 하고 있는데 갑자기 탤런트 이영애의 포스터 사진이 보였다. 비행기에 대장금 포스터가 붙어있는 것을 보니 신기하기도 하고 매우 반가웠다. 그것도 한자 문화권에 대한 생각을 하고 있는데, 이영애의 사진이 항공기에 크게 걸려 있는 것이 눈에 들어오니 무척 기뻤다.

동아시아에서는 한류(韓流)가 매우 강력하게 퍼져나가고 있다. 드라마 대장금은 동아시아의 보편적 가치를 잘 형상화한 작품이라는 생각이 든다.

앞으로 문화 혁명시대(文化革命時代)가 올 것이다. 이러한 시점에서 문화를 수출하여 가치를 창출하는 것은 매우 미래 지향적인 사고라고 생각된다. 신문지상에서 읽은 바로는 현 시점에서 한국은 유일한 문화혁명 시기의 국가라고 한다.

자동차나 반도체를 수출하는 것보다 차원높게 문화를 수출하는 것이다. 이는 문화와 정신적인 상품을 수출한다는 측면에서 시대를 앞서가는 수출 패러다임이다. 이미 반도체를 수출해서 국가의 부를 창출하는 것은 과거의 사회 패러다임인 것이다.

이제는 문화와 지식을 수출해야 한다. 이는 영리만을 추구하는 헐리우드 영화나 일본 만화 등의 수출과는 질적으로 구별된다. 문화의 전파와 공유가 우선이지 영리 추구는 차후

문제이기 때문이다.

　이영애의 대장금은 이러한 한류(韓流)의 전범(典範)이라고
할 수 있다. 대장금에 나타난 동아시아의 공통적인 정치·경
제·사회·문화적 특성은 같은 공간이나 범주 안에 살고 있
는 사람들에게 큰 공감대를 형성시켰다.

　이는 앞으로 강성해지는 중국에 대항할 수 있는 하나의
좋은 선례라고 하겠다. 한·중·일을 비롯한 아시아의 보편
적 가치(普遍的 價値)를 추구하면서 동시에 한국만의 특수성
을 잘 살려 문화를 전파해야 한다. 그리하여 동아시아의 기
본 가치를 선도하는 한국이 되었으면 하는 바램이다.

안개가 짙게 끼었던 인천 국제공항과 달리 서해 상공은 매우 쾌청하여 푸른 하늘이 펼쳐져 있었다. 위의 사진은 청운(靑雲)의 꿈[1]을 안고 중국으로 답사를 떠나는 나의 마음을 상징적으로 보여 주는 것 같다.

사진은 이래서 매력적이다. 누구도 흉내낼 수 없는 자연이 만들어낸 빛과 선, 형상을 내 것으로 만들 수 있기 때문이다. 자연이 만든 빛을 내 사진기에 옮기는 작업은 매우 흥미로운 과정이다. 서해상의 저 하늘빛은 이날 나의 마음을 매우 청량하게 해 주었다.

벌써 2시가 되었다. 베이징으로 이동힌다. 공항에 내리니 약속했던 가이드 아저씨가 나와 계셨다. 이번 답사의 전반적인 안내와 통역을 맡아줄 분인데, 어머니와 친분이 있는 분을 타국 땅에서 만나게 되니 너무 반가웠다. 중국에 대한 막연한 불안감이 사라지고 안도가 된다.

가이드 아저씨는 중국에 거주하고 계시는 조선족인데, 중국에서 암웨이 네트워크 사업을 하고 있다고 한다. 공산국가에서도 다단계 네트워크 사업이 발을 붙였다니, 암웨이가 대단하게 느껴진다.

---

1 청운지지(靑雲之志), 능운지지(凌雲之志). 높은 지위에 올라가고자 하는 뜻.

예전에는 그 분도 어머니처럼 골동품을 취급하셨다고 한다. 중국 도자기나 각종 서적 등을 거래하셨다고 하니 어머니와 매우 흡사한 취미와 직업을 가지고 계신가보다.

가이드 아저씨의 안내로 북경으로 향했다. 안개로 인해 연착되고 짐을 찾는 데도 시간이 많이 지체되어 택시를 탔다. 오늘 답사해야 할 곳이 미리 정해져 있어 서둘러야 했다.

북경으로 진입하는 거리거리마다 서구식 건물들이 올라가고 있었다. 2008년 북경 올림픽을 앞두고 여러 사업이 추진되고 있는 것이다. 박물관 재건축 사업을 필두(筆頭)로 북경시 자체가 전면적인 대수술을 하고 있었다. 여기저기 큰 건물들이 올라가고 있는 것을 보고 있자니 북경이란 도시가 하나의 재건축 아파트단지 같다는 생각마저 들었다.

15:00
220년 전 박지원과 같은 생각으로, 그 후학 이경원이 같은 유리창 길을 걷다

점심을 먹었다. 스케줄이 이래저래 지연되어 빨리 먹을 수 있는 곳을 찾았다. 그런데 역시나 맥도널드가 있었다. 이

상하게도 발길이 저절로 그쪽으로 향해졌다. 대단히 반갑기도 했지만, 중국에서의 첫 식사를 중국 음식으로 하지 못해서 서운했다. 중국의 수도 한복판에 여지없이 미국 자본주의의 상징인 맥도널드가 들어와 있었던 것이다. 역시 맥도널드의 힘은 대단했다.

중국이 서양의 문화를 받아들인다는 측면에서 볼 것인가? 아니면 미국의 자본주의가 중국을 성공적으로 공격하고 있다는 측면에서 봐야할 것인가? 이 두 가지 문제의식을 계속 마음속에 지닌채 이번 답사를 진행할 것이다. 중국 북경에서 첫 식사를 맥도널드 햄버거로 때우며 묘한 감정이 들었다.

이것은 호주에서 맥도널드를 먹었던 것과는 다른 느낌이
었다.

　맥도널드에서 빠르게 식사를 하고 유리창(琉璃廠)으로 향
했다. 유리창은 서적이나 문방사우(文房四友: 종이 · 붓 · 먹 ·
벼루. 문방사보〈文房四寶〉라고도 함) 등을 파는 곳이다. 한국의
인사동과 유사한 전통의 거리라고 보면 된다. 조선 시대 이
곳은 당시 학자들의 지식의 보고였다.
　많은 실학자들이 이곳에서 신문명(新文明)을 접했다. 박지
원이나 정약용, 그리고 김정희 같은 대학자들도 이곳에서 책
을 가져다가 보았다고 한다. 당시 박지원이나 정약용이 조선

후기 사회에서 여러 다양한 개혁 사상을 주장할 수 있었던 것도 바로 이러한 새로운 지식을 접할 수 있었기 때문이다.

특히 박지원의 경우 직접 이곳에 와서 책을 보고 다양한 서학적 사상을 공부했다. 열하일기의 제10권 〈옥갑야화〉는 〈허생전〉으로 널리 알려졌는데, 허생전 마지막 부분을 보면 허생은 자신의 도움을 얻고자 찾아온 이완에게 지배층이 내세우는 북벌(北伐)이 얼마나 기만인지를 논하고 있다. 지배층이 겉으로는 북벌론을 내세우면서 실은 북벌 자체에는 관심이 없고 자신들의 기득권을 유지하기 위한 방편으로 삼고 있다는 것이다. 이처럼 〈허생전〉에서 허생은 북벌보다는 오히려 청의 문물을 받아들일 것을 주장하고 있다.[1] 이것은 박지원이 바로 이러한 서양의 과학과 신문물을 유리창을 비롯한 북경의 여러 곳에서 접했기 때문이다.

유리창에 들어서니 많은 서점들이 있었다. 각각 자신의 현판을 정면 중앙에 내보이며 자신들의 존재를 현시하는 것 같았다. 현판들은 검은색 바탕에 황금색 글씨로 수놓아져 있었고, 다양한 글씨체로 쓰여져 있었다. 그러나 근래에 들어

---

1 열하일기(熱河日記), 박지원 지음, 설중환 편역, 2003년 소담출판사, 280쪽.

다시 제작한 모양이었다. 글씨체는 멋이 있었으나 고색창연한 진품 느낌은 없고 새로 만들어졌다는 생각이 들었다.

이곳은 문화대혁명(文化大革命) 당시 큰 타격을 입어 많은 서점들이 없어졌고 책들도 사상 통일을 위해 제거되었다고 한다. 그리고 다시 만든 것이 지금 보고 있는 유리창에 진열된 것이라고 하니 아쉽기 그지없다.

내가 생각했던 유리창은 길게 늘어선 상점, 그리고 사람들로 북적대는 곳이다. 동서고금(東西古今)을 통해 역동적인 사상의 교류가 이곳에서 이루어지고 있었다. 선비들은 무언가 획기적인 것을 찾으려 눈을 번뜩이며 상점에 드나들고 있었는데, 가게 안에 들어가면 특유의 책 냄새가 배어있다. 가게는 열기로 가득 차 있었는데, 어떤 선비는 책을 꺼내들어 몰입해있고, 어떤 선비들은 논쟁을 벌이고 있으며, 어떤 이는 가격 흥정을 하고 있었다.

조선 후기 박지원(朴趾源)과 같은 대학자가 보았던 그 유리창의 진면목을 이백 여년이 지나 조선에서 들린 한 후학(後學)이 감지해 내고 싶었는데 그러지 못해 좀 섭섭했다. 그래도 필자는 시간의 흐름을 역행하여 마치 박지원이 돌아다녔던 동선(動線)을 찾아나서듯 유리창 거리를 여기저기 돌아

다녔다. 사진을 찍으면서 가이드 아저씨에게 이런저런 질문
을 던졌다.

유리창의 규모가 전성기에 비해 많이 줄어들었다고는 하
지만 그래도 상당한 규모였으니, 사진을 찍으러 돌아다니다
가 지칠 지경이었다. 마음이 끌리는 서점들만 카메라의 줌
(zoom)을 당겼는데도 다 찍으니 68장이나 되었다. 역시 중국
은 뭐든지 그 양적인 면에서는 상상을 초월한다. 인구가 워
낙 많아서 그런지 하여간 그 수적 스케일에 놀라지 않을 수
없다.

유리칭에시도 가장 큰 영보제(榮寶齊)에 들어갔다. 현재 이
서점은 책은 물론 붓·먹·벼루·종이 등 각종 관광 상품

등을 팔고 있었다. 고서들도 제법 눈에 띄었지만 대부분이 모조품이라고 하는데, 이미 원본 등 중요한 책은 일본 사람들이 다 가져갔다고 한다. 그것도 벽 한 면씩 뚝뚝 끊어서 무자비하게 반출했다는 것이다. 그리고는 나머지를 한국 사람들이 가져갔다고 하는데, 고서적에 대한 사람들의 욕심에 대해 놀라우면서도 한편으로는 측은한 마음마저 들었다.

책과 여러 장신구들을 보고 서예를 할 때 쓰는 붓과 먹을 보니 왠지 기념으로 하나 사고 싶었다. 상인들 이야기로는 이 제품들은 장인들이 한 개씩만 만들어 판다고 하는데, 그것의 진위 여부를 떠나 나중에 붓글씨[1]를 배워보고 싶어서 크게 마음먹고 하나 구입했다.

어머니께서 국민학교(지금의 초등학교) 다니실 때에는 습자(習字)시간이 있어서 학교에서 신문지에 붓글씨 연습을 하였다고 하는데, 참 낭만적이고 정서 순화에도 도움이 되었으리라 생각된다. 지금처럼 바쁜 세상일수록 느리게 사는 법을 배웠으면 한다.

이 길에서 홍대용(洪大容)[2]이 보았을, 또 박지원이 체험했

---

1 서도(書道) · 서예(書藝) · 습자(習字)
2 조선 영조 때의 실학파 학자(1731~1783년). 자는 덕보(德保), 호는 담헌

을 여러 문물과 그들이 18세기 후반, 지금으로부터 220년 전 어떤 생각을 하면서 이 길을 걸었을까에 대해서 생각해 보았다. 만주를 주름잡던 옛 선조를 생각하며 안타까운 마음 속에서도, 하루빨리 중국의 신문물을 받아들여 실생활에 도움이 될 방도를 궁리하지 않았을까?

박지원은 홍대용의 영향을 받아 다른 학자들과 달리 지구는 둥글고 자전(自傳)한다는 사실을 알고 있었다. 박제가(朴齊家)[1]가 북학파의 경세론을 대표한다면, 홍대용은 북학파의 과학사상과 철학이론을, 그리고 박지원은 북학파의 문학이론을 대표하는 학자이다.

당시 중국에는 많은 서양 문물이 들어와 있었다. 마테오리치를 비롯한 여러 선교사들이 서양의 과학 문물을 가져왔다. 이러한 서학적 지식은 당시 조선 후기의 학자들의 이목을 끌기에 충분했을 거라는 생각이 든다. 이 지식의 보고였

(湛軒). 숙부 홍억(洪檍)의 군관으로 북경에 다녀오면서, 율력(律曆)을 배워와 혼천의를 만들고, 지구의 1일1전(一日一轉)을 논하였음. 저서로는 〈담헌집〉과 〈주해수용〉이 있음.
[1] 조선시대 후기의 실학자(1750~?). 자는 차수(次修), 호는 초정(楚亭). 박지원 문하에 있었으며, 이덕무·유득공 등과 교유하여 후대에 이른바 북학파(北學派)를 이룸. 사신의 수행원으로 여러 차례 청나라에 왕래하였으며, 공저(共著) 시집 〈건연집(巾衍集)〉이 청나라에 소개되자 우리나라 시문(詩文) 4대가의 한사람으로 알려짐. 저서로는 〈북학의〉·〈정유고략〉이 있음.

던 유리창에서 박지원은 아마도 많은 책을 보았을 것이다.

그리고 성리학적 이념 체계에 갇혀서 이러한 학문을 오랑캐의 것이라고 생각하고 무조건 배척하려고 드는 당시 조선 후기의 성리학자들을 비판했을 것이다. 당시 보수 세력은 이러한 새롭고 발전된 문물을 받아들여 사회를 변화시키는 데 소극적이었다. 그리고 청나라는 오랑캐가 세운 나라라고 하여 무조건 배척하려고 했다.

그러나 박지원은 조선 사회의 진보와 백성의 안녕을 위해 진정으로 필요한 것이 무엇인지 알았다. 그리고 근시안적이고 편협한 이념 체계를 벗어나 당시 사회에 보다 합리적이고 이로운 것을 찾으려고 했다고 생각된다.

이러한 것을 보고 나니 박지원이 허생전(許生傳)[1]에서 이야기 하고 싶었던 주제 의식에 대해 공감이 갔다. 허생을 통해서 박지원은 조선의 학자들이 공자·맹자·주자의 사상만 논할 것이 아니라, 실질적으로 백성을 먹여 살릴 수 있는 학문을 해야 한다고 주장한다.[2]

---

[1] 연암 박지원(朴趾源)이 지은 한문 소설. 허생의 상행위를 통하여 우리나라의 자연 경제를 타파할 것을 주장하고 무위도식(無爲徒食)하는 양반들의 무능을 풍자하는 내용으로, 〈옥갑야화〉(玉匣夜話)에 수록되어 있음.
[2] 유학과 주자학만 불변의 진리인양 신주단지 모시듯 하는 당시 조선 후기

답사의 소중함이 이런 것이 아닌가 한다. 답사를 통해 이렇게 흠모하는 대학자의 자취를 따라서 발걸음 하나하나를 옮기는 것은 너무도 매력적이다. 내가 박지원이 되어 보기도 하고, 그의 생각을 비판해 보기도 하고, 유리창에서 박지원의 마음을 상상하는 지적유희(知的遊戱)의 재미가 솔솔하다.

18:00
북경 오리를 먹으며, 한국의 고등학교 생활을 되새김질해보다

유리창을 벗어나 드디어 제대로 된 중국식 식사를 하러 갔다. 출발 전 어머니께서는 북경에 가면 오리요리[1]를 꼭 먹어보라고 이르셨다. 가이드 아저씨에게 오리요리 전문점을 소개해 달라고 하자, 유명한 요리점과 유명하지는 않지만 저렴하면서도 맛있는 곳 두 군데를 추천해 주셨다. 소문만

학자들을 박지원의 눈으로 보면 주체성이 없어 보였겠지요. 주체성 없이 자기 나라의 역사를 연구하지 않으면 중국처럼 고구려와 발해를 자신의 역사라고 주장(동북공정〈東北工程〉)하게 되고, 일본처럼 독도는 죽도(竹島), 즉 '다케시마'라는 자기네 나라 땅이라고 주장하게 되는 것입니다.
1 베이징 요리 : 북경을 중심으로 한 중국 북부지방 고유의 요리. 청조(淸朝)의 궁정요리로서 발달했으며, 연회 요리로서 정평이 나 있다. 튀김과 볶음이 많으며, 맛은 농후하나 조미에 간장과 설탕을 그다지 쓰지 아니한다. 경채(京菜)·북채(北菜) 또는 북경요리라고도 한다.

요란하고 실제는 별것 없는 곳 보다는 좀더 실속있는 곳으로 가고 싶었다. 그래서 저렴하면서도 맛있게 하는 곳으로 갔다.

음식점에 들어가니 중국 사람들이 중국옷을 입고 서빙을 하고 있었다. 한국에서 조선족들이 중국옷을 입고 음식을 파는 곳과는 느낌부터가 달랐다.

나는 오리요리 자체를 전혀 몰라 가이드 아저씨가 시켜주는대로 시켰는데, 우리나라 돈으로 육천 원 정도였다.

먼저 오리 껍질부터 나왔는데, 오리를 훈제해서 기름이 쫙 빠져서 그런지 바삭바삭하였다. 춘장과 파 그리고 무와 함께 얇은 전병에 싸 먹었는데, 생각보다 맛있었다. 다른 중국 음식이 전반적으로 느끼한데 비해, 이 음식은 먹기가 편했다. 껍질을 먹고 있자니 이번에는 살코기만 나왔다.

오리 한 마리가 제법 양이 많았다. 이어서 살과 껍데기가 같이 붙어있는 것이 나왔다. 이렇게 많은 양에 육천 원 정도밖에 안 한다니, 역시 중국은 아직까지 물가가 매우 싸다.

고기를 먹고 있는데 가이드 아저씨가 중국술이라고 하면서 한 잔을 따라 주셨다. 그런데 술이라기보다는 마치 인삼탕 비슷한 맛이 한약 같았다. 그분 말로는 이것은 각종 한약재를 넣어 술을 만든 것이라고 한다. 중국 사람들은 이 술을 즐겨 먹는다고 하니 웰빙을 중시하는 것은 한국이나 중국이나 마찬가지인가보다. 맛없는 술을 입만 대보고 마시지는 않았다.

호텔에 돌아와서 간단히 씻고 침대에 누워서 가만히 생각해 보았다. 한국에서는 입시 때문에 너무나 제약된 생활을 했던 것 같다. 고등학교 시절은 공부의 효율성에 필요한 것들 외에는 어떤 것이든 평가절하하는 풍조가 자리잡혀 있다. 점수가 인격(人格)이라는 어처구니없는 말도 있다. 이러한 풍조는 내 행동에서부터 마음, 무의식까지 통제한다. 그래서 대부분의 고등학생들은 인생에서 어떤 중요한 부분을 잃고 살아간다고 생각한다.

하지만 나는 이렇게 잠시나마 떠나올 수 있다는 것 자체가 행복하다. 나는 젊음을 지녔고, 내 영혼이 많은 새로운 것을 보고 받아들이고 싶어 한다고 느낀다. 그래서 그런지 겨우 하루동안 있었는데도 이곳에 있는 동안만은 몸과 마음이 자유롭고 편안하다. 한국에서와는 다른 새로운 것이 이곳에 있고, 그런 것들을 발견하고 경험할 때마다 내 가슴은 환희에 찬다. 남은 시간 더 많은 것을 보고 느끼고 싶다.

2007. 1. 18

05 : 30

문화의 보편성이란 결국 힘의 논리인가?

　새벽 5시 30분에 눈을 떴다. 오늘은 만리장성(萬里長城)[1]을 답사하는 날이다. 만리장성을 답사하는 것이 이번 일정의 중요한 목적 중의 하나이다. 아침에 일어나서 몸을 깨끗하게 씻었다. 어제 샤워를 하고 잤으나 수면 시간이 짧고 많이 걸어 다닌 탓인지 몸 컨디션이 안 좋았다.

---

[1] 중국의 북쪽에 있는 긴 성. 허베이성(河北省) 산하이관(山海關)에서 간쑤성(甘肅省) 자위관에 이름. 춘추전국시대에 연(燕)・제(齊)・조(趙)・위(魏)가 변경을 막기 위하여 일부 쌓은 것을 뒤에 진(秦)의 시황제(始皇帝)가 흉노의 침입을 막기 위하여 크게 증축하여 만리장성이라 이름지었음. 현재의 것은 명대(明代)에 정비된 것으로, 2400km에 이르고 장성(長城)이라고도 부르며, 중국어는 '완리창청'으로 발음함.

아침을 먹으러 호텔 식당으로 내려갔다. 이 호텔에서는 두 종류의 조식이 준비되어 있었다. 양식과 중식으로, 실상 두 식단의 음식은 별반 차이가 없었다. 중식당에서 볶음밥을 해 먹을 수 있는 시설만 있다는 것이 다를 뿐이었다. 뷔페식으로 되어 있는 식당에서 빵과 햄 등을 먹었다.

그런데 여기서 느낀 것은 내가 과연 중국에 와 있느냐는 근본적인 의문이었다. 조식 음식의 메뉴는 여타 다른 곳과 다를 것이 없었으니, 중식당이라고는 하지만 역시 세계의 보편화된 조식단(朝食單)을 따르고 있었다. 호텔에 가면 한국이건 미국이건 호주건 중국이건 같은 아침 식단으로 손님을 맞이한다.

내가 어디를 가서 밥을 먹든지 항상 거의 유사한 맛을 느낄 수밖에 없다. 이것이 학교에서 배운 '보편성(普遍性)'이라는 개념이란 생각이 들었다. 어제 맥도널드를 먹을 때와 유사한 생각이 들었다.

그렇다면 중국도, 나아가 세계는 과연 미국 중심의 보편화가 되어가고 있는 것이 아닌가 하는 생각이 들었다. 현재 거대 대국인 미국과 과거 거대 대국 중국 사이의 힘의 관계는 어떻게 되는 것인가? 일단 2007년 느낀 바는 미국의 자본주의(資本主義, capitalism)를 위시한 미국식 사회관계와 문화

양상이 중국에 전파되었다는 것이다. 중국에서 첫 식사와 첫 아침 식사를 서양식으로 했다는 것 자체가 이를 반증한다.

역사학도가 되고 싶은 나에게 이것은 무엇을 의미하는 것일까 하는 생각을 해본다. 박지원(朴趾源)이 서학(西學)[1] 사상을 보고 무엇을 느꼈을까? 그리고 정약용(丁若鏞)이 천주실의나 기하학원본을 보고 무엇을 느꼈을까? 하는 것을, 이번 답사를 통해 내가 무엇을 느끼게 될 것인가와 같은 무게의 그 무엇인가가 되기를 바랄 뿐이다.

2007년 한국인으로서 이러한 의식이 내가 앞으로 일어나게 될 여러 사회현상 속에서 한국이 바람직하게 발전할 수 있게 하는 데 기여하는 역사학자로 성장할 수 있게 되기를 기대한다.

08 : 20
중국의 문화 융화력과 팽창주의를 경계하다

8시 20분. 이러저러한 생각을 하며 아침을 먹고 만리장성

---

1 조선 후기 서양문명에 대한 학문적 연구를 가리킨다. 이외에 천주교를 서양의 학문이라는 뜻으로도 일컬음.

으로 향했다. 가이드 아저씨가 차를 렌트했는데, 성능이 좋지 않았다. 기동성이 있어야 빠른 시간 내에 많은 것을 볼수 있었기에 돈을 좀 들여서 차를 빌린 것이다. 이것은 합리적인 선택이었다. 만리장성으로 가는 길은 매우 멀었다. 나는 북경 위에 위치해 있다고 해서 금방 도착할 줄 알았는데 그게 아니었다. 무려 두 시간이나 걸렸다.

우리가 가는 곳을 팔달령 장성이라고 한다. 팔달령은 옛부터 교통의 요지여서 이 지역을 장악한 국가가 경제적·군사적 측면에서 유리한 고지를 선점했었다.

북경(北京) 시내를 벗어나 점차 도시 외곽으로 보이는 곳을 향해 달리고 있었다. 차를 타고 창문으로 지나가는 중국의 도시 풍경을 감상하는 것도 꽤 흥미로운 일이었다. 한국에서와는 다른 중국 도심의 특징을 발견하는 것 역시 호기심 당기는 작업이었다.

도심에서는 여지없이 고층 건물들이 여기저기서 솟구치고 있었다. 그동안 잠들었던 거대한 용이 이제 막 기지개를 펴는 듯한 느낌을 받았다. 잠룡(潛龍)이 비늘을 손질하는 듯 북경은 옷을 갈아 입는 작업에 열을 올리고 있다.

그런데 특이한 것은 중국의 고층 건물은 한국의 고층 건물과 그 디자인이 현격하게 다르다는 점이다. 한국의 고층 빌딩은 미국처럼 단조롭고 높이 솟아 있는데 비해, 이곳의 고층 빌딩은 대부분 제일 꼭대기에 동양 전통의 건축양식을 따르고 있었다.

서양의 몸뚱이에 동양의 머리를 얹은 듯한 느낌을 받았다.

이것이 중국의 힘이 아닌가 하는 생각이 들었다. 중국의 한족(漢族)[1]은 거란(契丹)[2], 여진(女眞)[3] 그리고 몽고족(蒙古族)[4]에게 정치적 독립을 박탈당했을 때도 한족의 문화를 유

---

1 중국 본토 재래의 종족으로 약 4000~5000년 전에 황허(黃河)강 중류에 농경민족으로서 나타난 황색인종. 중국어를 사용하며, 만주·화북·화남·화중·내륙형 등 그 형질은 여러가지이나 중국 본토 전역에 분포하여 11억 이상의 인구 중 90%를 차지하며, 세계 각지에서 활약하고 있는 1,300만 화교를 합치면 세계 유수의 대민족을 이룸. 약 5000년 전에 황하 문명을 꽃피워 근세까지도 동양사의 주도자로서 주위의 민족에 큰 영향을 끼쳤음.

2 4세기 이래 내몽고의 시라무렌 강 유역에 유목하고 있던 부족. 당대(唐代)에는 유력한 8부족의 연합체를 구성하여 큰 세력이 되었으며, 10세기 초에 추장 〈야율아보기〉가 내외 몽고 및 만주의 여러 부족을 통일하고, 그의 아들 태종(太宗) 때 국호를 요(遼)라 하였음. 계단(契丹)·글단·글안·키타이라고도 불리움.

3 동만주와 연해주 방면에 살던 반농·반수렵의 퉁구스계 부족. 한대(漢代)에는 읍루, 후위(後魏) 때에는 물길, 수당(隋唐) 때에는 말갈이라고 하였고, 발해국이 망한 뒤 요(遼)에 속했다가 오대(五代)와 송(宋) 시대에 여진으로 나타나, 생여진·숙여진으로 갈리어, 그 중 완안부의 생여진 추장 〈아골타〉가 1115년에 여러 부족을 통일하여 금(金)나라를 세움. 명(明)나라 때에는 여직(女直)이라 하여 3분하여 해서여직·야인여직·건주여직이라 불렸으며, 그 중 하나인 건주여직에서 청(淸)나라의 태조(太祖)가 나와 전 중국을 통일하였음. 현재의 만주인은 그 후예로 완전히 쇠퇴함.

지하였다. 그리고 종국적으로는 타민족의 문화를 한족의 문화를 기반으로 용해시켜 버렸다. 대해(大海)가 여러 지류의 물줄기를 흡수하듯 그렇게 다양한 문화를 받아들여 이를 한족(漢族)의 문화와 융합시킨 후 자국의 문화로 치환시켰다. 그래서 중국의 문화가 풍요로운 것이리라. 사진에 보이는 건물의 양식에서 한눈에 동양과 서양의 융합을 볼 수 있다.

---

4 중국 북부·만주·시베리아의 남부지대에 거주하는 여러 민족을 통칭하여 몽고족이라 하는데, 두폭(頭幅)이 160mm 가량으로 세계 최대임. 한편 몽고제국은 13세기 초에 몽고족에 의하여 건설된 사상 최대의 대제국을 말한다. 여러 부족을 통일한 〈징기즈칸〉과 그 부장들은 아시아와 유럽의 대부분을 석권하여, 몽고와 중국 본토를 직할령으로 하고, 각각 정복지를 몇개의 한국(汗國)으로 나누어, 세계에 군립함. 세조 때 베이징(北京)으로 천도하고 국호를 원(元)으로 고치어 전성기를 이루었으나, 차차 쇠미하여 14~15세기에는 명(明)에 쫓기어 북경으로 쇠퇴함.

중국이 동·서 융합의 문화 접목을 어떻게 이끌어 나갈지 아직은 모르겠다. 다만 융합된 문화를 다시 중국적인 것으로 변형시킬 의지가 곳곳에서 엿보인다. 내심으로는 서울의 고층빌딩에서 느낄 수 없는 중국 고유 문화에 대한 애착이 느껴져서 부러웠다. 한국과 다르게 중국은 자기 전통문화를 중심에 두고 타문화를 흡수하는 방향으로 21세기 문화시대를 대비하는 것 같았다.

만리장성으로 가는 북경 북쪽 외곽 길에서 현재 중국이 진행하고 있는 여러 국책 사업에 대해 생각해 보았다. 미래를 위한 거대한 요동이 소리없이 치솟으려 하고 있었다.

호텔에서 나와 차로 한 시간 정도 달렸다. 막연하게 만리장성이 북한산성[1] 정도일 것이라고 생각한 것은 큰 오산이었다. 만리장성은 북경에서 꽤 멀리 떨어져 있었다.

길을 따라 계속 달리다보니 거용관이란 현판이 보였다. 그리고 한눈에 보기에도 거창하게 보이는 건물이 눈에 들어왔으니, 이름하여 천하제일웅관이었다. 북경 쪽으로 현판이 보이는데 자못 위용이 느껴진다.

---

[1] 삼각산에 축조된 산성. 유사시에 대비하기 위하여 조선 숙종 37년(1711년)에 축조하였음. 서쪽에 위치한 대서문(大西門)을 입구로 하고, 다시 중성문(中城門)으로써 성내는 두 부분으로 구분되어 있는데, 주위는 약 8km임.

　천하에서 제일가는 영웅들의 건물이라는 의미일게다. 현판에서 이미 중국인의 자긍심을 느낄 수 있었는데, 그들의 당당한 기운에 다소 움츠러드는 기분이 들기도 했다. 차에서 내려 여기저기 사진을 찍었다. 수동사진기로도 찍고 캠코더로 촬영도 하였다.

　가이드 아저씨 말로는 북경 날씨가 매우 안 좋아서 이렇게 좋은 날씨는 일 년에 열 번 정도밖에 없다고 한다. 신이 주신 은총에 감사했다. 만리장성에 올라가 본격적으로 멋있는 사진을 찍을 수 있다고 생각하니 기분이 좋았다.

　천하제일웅관을 지나가는 길에서부터 여기저기 만리장성이 나타났다. 아직 보수되지 않은 채 방치된 것도 있었지만,

선(線)의 미학(美學)을 잘 간직한 상태로 남겨진 것도 있었다. 이렇게 만리를 연이어 있다고 생각하니 가히 놀라지 않을 수 없었다. 이 많은 성들을 누가 다 저 높은 곳에다 쌓았을까하는 생각이 들었다. 시체로 아교를 만들어 성을 높였다는 소리가 들릴 만도 하다.

전 세계에서 이곳을 찾아온 사람들이 우선 성의 규모에 놀란다. 이렇게 거대하고 긴 축조물을 어떻게 그 오랜 옛날에 건설했을까 하는 의문을 갖게 된다. 피라미드[1]도 그렇지만 만리장성도 불가사의한 건축물이다. 그 규모면으로 보면 현대 건축술로도 만만치 않은 공사이다. 다시 차를 타고 가면서 만리장성의 의미에 대해 생각해 보았다.

장성(長城)이란 원래 외침을 막기 위해서 만든 성이다. 당시 중국은 중원을 보호하기 위해서 북쪽 유목인들의 침입을 막아야 했다. 그래서 만리장성을 쌓았던 것이다. 만리장성을 기점으로 그 남쪽은 매우 기름진 평야가 있다. 13억 인구를 먹여 살리는 기름진 옥토가 쫙 펼쳐져 있는 것이다. 이렇게

---

1 이집트의 나일강 우안, 카이로(cairo) 서쪽 사막 지대인 멤피스 지방에 있는 삼각탑의 유적. 현재 75기 정도 남아있음. 삼각형·사각형 또는 다각형의 추상체의 밑면에 거석을 쌓아 올린 것으로, 기원전 3000~2900년대에 국왕·왕족 등의 묘로서 건조하였음. 현존하는 것 중 가장 큰 것은 기제(Gizeh)에 있는 3기이며, 기저가 13에이커, 높이가 146m임. 그의 각모서리는 나침반의 동서남북을 정확하게 가리킴. 금자탑(金字塔)이라고도 함.

만리장성의 보호 아래 양쯔강[1]과 황하[2] 사이의 중원에서
중국은 그 유구한 문명[3]을 일구어 냈다.

그리고 오늘 그들은 또다른 역사를 만들려고 하고 있다.
21세기 그들의 비약이 눈에 보이는 것은 무엇 때문일까? 흡
사 만리장성이 용이 되어서 그대로 사해를 덮으며 비상할
것 같은 느낌이 들었다.

이것은 두려움이다. 중국의 성장이 한국에게 이익이 되
지는 못할 것이다. 중국은 반드시 팽창주의를 표방할 것이
다. 천하제일영웅(天下第一英雄)이란 글귀가 자꾸 머리 속에

---

1 중국에 있는 아시아 제1, 세계 제3위의 큰 강. 티베트 고원의 북동부에서
발원하여 동중국해로 유입함. 유역 면적은 세계 제11위로 광대하고, 강어
귀로부터 1,600km 상류까지 대기선이, 2,500km까지 작은 기선이 항행할
수 있어 교통 운수상의 대동맥을 형성함. 양자강 또는 창강(長江)이라고
도 함.

2 물에 황토가 섞여 누런 빛으로 흐려있어 이런 이름이 붙음. 중국 제2의
대하(大河), 통칭 허(河), 칭하이성(靑海省) 바옌카라 산맥의 북쪽 기슭에
서 발원하여 산시(陝西)·산시(山西)의 성경(省境)을 남하하고 펀수이(汾
水)강·웨이수이(渭水)강·뤄수이(洛水)강 등의 대지류를 합하여 보하이
(渤海)로 흘러 들어감. 그 유역은 중국의 역사·문명의 발상지로, 3천년
이래 2년마다 한번의 비율로 범람했으며 수로도 자주 바뀌었음. 수해는
중국 최대의 우환의 하나로, 우(禹)의 치수(治水) 전설도 이에서 생김. 세
계 8위로 5,464km. 황하라고도 함.

3 고대 문명의 하나로 중국 황허 유역에서 발생함. 신석기 시대의 농경문명
을 가리키며, 그 대표적 유적인 허난성의 양사오, 산둥성의 룽산(龍山)의
지명을 따서 양사오문화(仰韶文化)·룽산문화(龍山文化)로 불리움. 수혈
주거에 살았으며, 채도·흑도·회도 등의 토기를 사용하였고, 원시종교를
갖고 씨족을 단위로 취락을 형성하였음.

서 지워지지 않는다.

　역사학도를 꿈꾸는 나로서는 이러한 중국의 야욕에 학문적으로 맞설 수 있는 깊이 있는 연구를 해야 하겠다는 비장한 사명감마저 들었다.

10 : 30
도자기 선을 닮은 만리장성의 미학적 아름다움과 주몽 · 연개소문 · 대조영이 오버랩되는 까닭은?

　팔달령 장성은 만리장성 중에서도 가장 큰 곳으로, 관광객도 동 · 서양 구별없이 가장 많았다. 주차를 하고 팔달령으

로 향했는데, 흡사 한국의 유원지와 비슷하다는 느낌이 들었다. 여기저기서 10원에 장식품을 파는 사람들부터 매점을 운영하는 사람들까지 호객꾼들이 손님을 끌려고 눈이 벌게 있었다. 모두가 자신의 생계를 위해 분주하게 뛰는 모습이었다. 북경 시내에는 고층 빌딩들이 즐비하게 늘어나고 있지만, 아직 만리장성에서 살고 있는 이곳의 원주민들은 한국의 1960년대 사람들의 생활상과 흡사했다.

이곳저곳의 관광 상품점을 지나 팔달령에 오르는 입구에 다다랐다. 매우 장대하고 위협적일 것으로 상상했는데, 생각보다 그리 크지는 않았다. 신의 능선을 따라 성들이 주욱 연이어져 있었고, 주요 꼭대기마다 좀 큰 성들이 있었다.

지금처럼 최신 무기들이 발달했더라면 이러한 산성은 의미가 없을 것 같지만, 당시로서는 육탄전을 하는 시기였으니, 이 산성이 적들을 매우 효과적으로 막을 수 있는 요충지가 될 수 있었을 것이라는 생각이 들었다. 직접 두 다리로 창과 방패를 들고 산을 올라와 이곳을 공격했다고 생각하니 당시 사람들이 대단하다는 생각이 들었다. 직접 기어 올라가 산을 넘기에는 너무 높은 지형이었다.

만리장성의 곡선은 매우 아름다웠다. 벌써 11시가 다 되

었다. 답사해야할 곳이 많아서 빨리 빨리 돌아다녀야 했지만 이곳에서만은 잠시라도 더 머물고 싶었다. 전쟁을 위한 산성 이지만 그 미학적인 아름다움이 도자기 선을 연상하리만큼 황홀했고, 성마다 깃든 선의 아름다움이나 건물들이 나에게 기이한 감동을 맛보게 했다.

　가이드 아저씨 말로는 경치를 제대로 감상할 수 있는 곳 까지 가려면 앞으로도 한 시간 정도는 걸어서 산성을 등반 해야 한다고 했다. 그래서 우리는 만리장성 입장료 40원과 케이블카 사용료 60원씩을 주고 산 정상으로 올라갔다. 1인 당 100원의 돈을 냈으니 이곳 화폐가치로 따지면 매우 비싸 다고 할 수 있다. 중국도 이제는 자본주의 경제체제가 도입

되어 수요가 많은 곳은 가격도 비싼 것 같았다.

그런데 이 케이블카는 안전장치가 제대로 되어 있지 않아 매우 불안했다. 이러다 사고가 나면 어떻게 하나 하고 걱정이 될 지경이 되었다. 타고 내리는 것도 한국의 시골 놀이동산 정도의 수준이었다. 타국에서 만에 하나라도 '죽을 수는 없는데' 생각하니 참으로 난감했다.

그래도 사람들이 계속 오르내리는 것을 보고 그냥 이 무시무시한 케이블카에 몸을 실었다. 표 번호 '00858351'에다 구멍을 내고 십 분 남짓 올라갔다. 밑에 보호 장치도 없어서 아래를 내려다보니 아찔했다. 낭떠러지에 쇠기둥 몇 개 박아 두고 이를 지지대 삼아 케이블카를 세운다는 착상을 한 중국 사람들의 무모함에 혀를 찼다. 한국 같았으면 안전 검사에서 불합격되어 사업허가 자체가 나지 않았을 것이다.

만리장성 정상에 다다랐다. 겨울이라 사람들이 거의 없을 것이라고 생각했는데 제법 많았다. 특히 한국 사람들이 하도 많아 여기가 한국의 어느 관광지인가 하는 생각이 들 정도였다. 여기저기서 들리는 한국어가 처음에는 매우 반가웠지만, 너무 많이 들리다 보니 외국에 와 있다는 생각을 할 수조차 없었다. 케이블카에서 내려 만리장성 내의 굴을 지나 한 십 미터 정도 가니 먹거리를 파는 곳이 있었다.

위생상태가 매우 좋지 못하였지만, 만리장성 위에서 먹는 군것질은 피할 수 없는 유혹 그 자체였다. 잠시 동안 휴식을 취한 후 그 곳에서 주위의 경치를 감상하였다.

만리장성은 저 반대편에 보이는 수많은 산을 거쳐서 끝없이 이어져 있었다. 만리장성은 푸른색의 쾌청한 하늘의 도움을 받아 환상적으로 뻗어있었다. 산성의 흐름을 주욱 살펴볼 수 있었는데, 이렇게 산성이 만리(萬里)[1]를 연이어서 진행된다고 생각하니 대단하다는 생각이 들었다. 조금 전까지만 해

---

[1] 1리는 약 0.393km. 10리는 10마장이라고 부름. 만리는 약 39,273km인데, 실제 만리장성의 길이는 2,400km 정도이다. 따라서 여기서 만리라는 것은 '긴(長) 성'의 의미가 내포된 것이다. 이런 예로 우리는 '편지를 매우 길게 써 보낼' 때 '만리장성을 써 보낸다'고 한다.

도 과장된 규모에 대해 실망하고 있었지만 만리장성의 진가
는 역시 그 '길이'었다. 이렇게 높은 곳을 하나의 산성으로
잇고 있다고 생각하니 입이 다물어지지 않았다.

산성은 산의 능선을 타고 길게 이어졌다. 그런데 문득 얼
마전 한국에서 방영하던 드라마 생각이 났다. '주몽(朱蒙)'[1]
과 '연개소문(淵蓋蘇文)'[2] 그리고 '대조영(大祚榮)'[3] 말이다. 아

---

[1] 고구려의 시조. 동명성왕의 휘(諱). 성(姓)은 고(高). 해모수의 아들. 동부
여에서 피란하여 졸본천으로 이사한 후송랑국·행인국 등의 부근을 개척
하고 나중에 북옥저까지 정복하여 점차 대국의 기초를 만듦(B.C. 58~B.C.
19 ; 재위 B.C. 37~B.C. 19).

[2] 고구려의 대막리지. 고구려 5부의 한사람. 대신이 된 후 영류왕을 죽이고
보장왕을 내세워 국권을 장악함. 보장왕 4년(645년)에 요동으로 쳐들어온
당태종(唐太宗)의 17만 대군을 안시성에서 격파함. 개소금·개금이라고도
불리운다(?~666년).

[3] 발해의 건국자. 고구려의 유민으로 중국의 측천무후 때 돈화(敦化) 부근

직은 내가 이 민족의 영웅들에 대한 역사적 사실에 대해 깊이 연구한 바가 없다. 학교에서는 신라(新羅)[1]나 고려(高麗)[2] 그리고 조선(朝鮮)[3] 중심의 국사 교육만을 중점적으로 받았다는 생각이 든다. 왜 고조선[4]과 고구려[5] 그리고 발해[6]의 역사를 많이 가르치지 않는지 궁금하다.

에서 세력을 얻어 699년 진국왕, 713년 발해왕이 됨. 시호는 고왕(高王, ?~719년 ; 재위 699~719년).

1 박혁거세가 지금의 영남 지방을 중심으로 B.C. 57에 건국하였는데, 29대 태종 무열왕 때 백제와 고구려를 멸하여 삼국을 통일하고 신라 시대의 최성기를 이룩하였음. 경순왕 때 56대 992년 만에 고려의 태조 왕건에게 망함. 찬란한 불교 문화의 예술이 동양에서 빛났음.

2 태봉(泰封) 나라의 장수 왕건(王建)이 임금 궁예를 이끌고 개성에 도읍하여 세운 나라. 후백제를 없애고 신라를 항복시켜 935년에 한반도를 통일함. 이 시대에는 불교가 전성하여 건축·미술이 한창이었음. 이성계에게 망하여 조선이 세워질 때까지 34대 475년을 누렸음(918~1392년).

3 이성계(李成桂)가 1392년 고려를 멸하고 세운 나라로 이씨 조선 또는 근세조선이라고도 부름. 근세조선은 양반(兩班) 중심으로, 고려의 불교 중심에서 변하여 사대적인 봉건사상이 왕성하였으며, 외국문화의 수입을 막고 국내의 당쟁이 국민사상에 젖었으나, 한편 한글의 창제, 측우기·활자·거북선의 발명으로 한때 자아 반성의 부흥도 있었음.

4 단군(檀君)·기자(箕子) 및 위만(衛滿)의 자손이 대동강 이북에서 통치해 왔던 시대. 중국 한(漢) 무제(武帝)가 한사군(漢四郡)을 설치하기 전, 곧 기원전 108년 이전의 고대 한국을 일컬음.

5 기원전 37 갑신(甲申)년에 북부여의 주몽 동명왕이 세워, 28대 보장왕 27년(668년)에 이르러 나당 연합군에게 망함. 700여년 동안 만주 일대와 한반도의 넓은 국토를 통치하였으며, 우리 민족사상 한인(漢人)에 대한 반발력과 자각 및 단결력이 가장 왕성했던 나라였음. 졸본 부여(B.C. 37~A.D. 668).

6 고구려 사람 대조영(大祚榮)이 세운 나라. 신라에 망한 고구려 유민들이 합류하여 쑹화강(松花江) 이남과 고구려의 옛 영토를 거의 확보하여 국세를 떨쳤으나, 신라 말엽에 요(遼)나라에게 망함. 도읍은 건국 초기를 제외하고는 상경 용천부에 두었음. 진국(震國)이라고도 함(699~926년).

저 앞에 보이는 만리장성을 넘어 서토를 정복하려했던 옛 선조들의 행적과 의지에 대해 알고 싶다. 나는 지금 이곳을 답사 차원으로 와 있지만, 과거 동명성왕과 연개소문은 저 만리장성을 넘어 서토를 점령하여 드넓은 평야를 한민족의 근간으로 삼으려고 왔었을 것이다.

위에 보이는 산성의 왼쪽은 서토이고 오른쪽은 주몽과 연개소문이 위용을 떨쳤던 곳이다. 과거 2000여년 전의 모습을 상상해 본다. 정인보[1] 선생께서는 한민족 최대의 과오 중의 하나는 신라가 삼국을 통일한 것이라고 하셨다.

저 만리장성을 넘으려고 노력하셨던 강대한 기개를 지니셨던 분들이 신라의 굴욕적인 외교 전략에 무릎을 꿇었을 때부터 한민족의 기운이 다했다는 것이다.

날씨가 너무 좋아서 그런지 저 산성을 바라보며 기세를 드높였을 당시의 한민족의 선조들의 모습이 떠오른다.

---

1 호는 위당(爲堂) 또는 담원(薝園). 1910년 중국에서 동양학을 연구하며 박은식(朴殷植)·신채호(申采浩) 등과 동제사(同濟社)를 조직, 동포 계몽에 힘쓰고, 1918년 귀국하여 이화여전, 세브란스 의전 등에서 교편을 잡는 한편, 동아일보 논설위원으로 총독부 정책을 비판함. 해방 후 초대 감찰위원장을 지냈으나, 6.25 때 납북됨. 저서로는 〈조선사 연구〉, 〈담원 시조집〉 등이 있음(1892년~?).

나는 기필코 훌륭한 역사학도로 성장하여 한국의 역사교육을 바로 잡겠다는 각오를 새로이 했다. 고조선을 정식 역사로 연구하고, 고구려와 발해·부여의 역사를 보다 깊이있게 가르쳐야 한다고 생각한다.

내가 배운 역사 교과서는 지나치게 남한 중심이었다. 고조선에 대해서는 신화로서만 이해를 하였다. 그리고 고구려나 부여, 백제[1] 특히, 발해 같은 나라의 역사에 대해서는 자세히 배우지를 못했다.

나는 저 산성을 넘어 서토(西土)를 정벌하려 했던 분들의 역사 행적에 대해 공부하고 싶다. 왜 역사 교육을 신라 중심으로만 가르쳤는지 모르겠지만, 여기 와서 느낀 바로는 잘못된 교육 커리큘럼이라고 생각된다.

이곳까지 와서 당당하게 외세에 맞서 싸웠을 선조들에 대한 지식이 너무도 빈약한 나 자신에게 화가 났다. 이 화가 나의 역사 연구열에 불을 당기리라.

---

1 한반도 서남쪽에 위치하여 고구려·신라와 더불어 패권을 다투던 나라로, 고구려 왕족 온조가 건국하여 의자왕 때에 나당연합군에게 망함. 도읍은 한산, 지금의 광주(廣州)에서 웅진, 지금의 공주로, 다시 사비, 지금의 부여로 옮겼음. 역대 31왕. 역년(歷年) 678년(B.C. 18~A.D. 660).

11:30
만리장성이 평양까지 이어지게 지도를 그려놓다니!
동북공정의 치밀함에 모골毛骨이 송연竦然해지다

팔달령 산성에 올라오니 벌써 11시 30분이다. 과거 역사를 반추도 하고 이런저런 생각을 하며 만리장성을 답사하다가 그 위험천만한 케이블카를 타고 내려왔다. 내려오다 보니 만리장성에 대해 전체적으로 보여주는 박물관이 있었다.

한 5분 정도만 관람할 요량으로 입장하였으나, 30분이나 소요되었다. 중국 사람들은 무엇을 만들면 양적으로 일단 크다. 입구가 있고 길을 따라서 걸어가게 설계를 해 놓았다. 만리장성의 역사에 대해 개괄적으로 설명을 하고, 산성의 축조 과정부터 유물까지 자세하게 전시하고 있었다.

그런데 놀라운 일을 목도(目睹)하였다. 중국 사람들이 전시한 만리장성 지도에서 너무도 어처구니없는 것을 본 것이다. 만리장성의 위치를 압록강(鴨綠江)[1]과 두만강(豆滿

---

[1] 한국과 중국 사이에 있는 한국 제일의 강. 백두산 남쪽에서 발원하여 서쪽으로 흘러 한국과 중국의 국경을 이루면서 서한만으로 들어감. 만조 시에는 신의주까지 천 톤의 기선이 다니고, 작은 배는 중강진까지 올라감. 상류의 원시림을 벌채한 뗏목이 유명하고, 일제 강점기에 수풍에 동양 최대의 댐을 만들어 수력발전에 이용하고 있음. 마자수·얄루강(Yalu 江)이라고도 불리움. 790km.

江)[1]을 지나 평양 앞까지 이어져 있도록 그려 놓았다.

이 지도를 보고 너무 화가 났다. 한(漢)[2]나라 때 지도라고

---

1 백두산에서 근원을 발하여 우리나라와 중국·연해주를 흘러서 동해로 들
  어가는 강. 주운(舟運)은 강구로부터 85km까지 이용되나 결빙되지 않는
  계절에는 유목(流木)이 성하고, 상류 유역은 얼면 국경을 보행으로 건널
  수 있으며, 철·갈탄 등 지하자원 지대로 유명함. 520km.
2 중국 고대의 나라로, 모두 여섯 한(漢), 곧 전한(前漢)·후한(後漢)·촉한
  (蜀漢)·성한(成漢)·북한(北漢)·남한(南漢)이 있었으나, 보통 전한과 후
  한을 이름. 전한 곧 서한(西漢)은 진(秦)나라의 뒤를 이어 고조(高祖) 유방
  (劉邦)이 장안(長安)에 도읍하여 14대 200여년간(B.C. 202~A.D. 8) 이어
  오다가, 외척 왕망에게 15년 동안 찬탈되었음. 7대 무제(武帝) 때에는 특
  히 군현제도를 강화하여 중앙집권제를 공고히 하고, 화폐를 개주하며, 전
  매제를 강행하였고, 숙적 흉노를 쳐서 서역도호를 두고, 월남(越南)을 평
  정하고, 쓰촨(四川)·윈난(雲南)을 위협하여 만주를 거쳐 한반도에까지 들
  어와 사군(四郡)을 설치함. 또 유교를 정교의 지도이념으로 삼아 문화가
  크게 융성하였음. 후한 곧 동한(東漢)은 25년부터 220년까지 지속되었는
  데, 전한의 경제(景帝)의 6대손 광무제 유수가 왕망을 거쳐 뤄양(洛陽)에
  도읍하여 13대 195년간 이어 오는 동안 흉노를 쳐서 재차 서역도호를 설
  치하는 등 한때 그 세력을 떨쳤으나, 끝내 3국 시대(중국 후한말에 위
  〈魏〉·오〈吳〉·촉〈蜀〉의 세 나라가 정립하여 조조·손권·유비가 서로

해 놓고 B.C. 206년에서 A.D. 220년까지라는 연도까지 명시를 했다. 이것이 사실이라면 2000년도 넘게 만리장성이 평양 바로 앞에까지 이어져 있었다는 것이 된다. 더욱이 한반도와 연결된 부분에는 강조 표시까지 해 놓았다.

이런 사실에 대해 어떻게 한국 정부에서는 가만히 있는지 이해할 수가 없었다. 많은 사람들이 보는 박물관에 버젓이 이런 지도가 있다는 것 자체가 수치스러웠다. 서양 사람들이 저 지도를 보고 간다면 한국은 옛날부터 중국의 지방정권(地方政權)이었던 것으로 믿게 될 것이다.

다시 한번 동북공정(東北工程)의 치밀한 계략에 대해 무서운 마음이 들었다. 내다수의 외국 사람들은 이곳에 와서 아무런 거부감 없이 저 지도만 보고 만리장성이 한반도(韓半島)까지 이어져 있다고 생각할 것이다. 압록강 위에 만리장성이 세워져 있다는 말도 안 되는 지도에 대해 아무런 생각도 없이 그저 팔달령 장성(八達嶺 長城)만 보고, 이것이 한국까지 이어져있다는 것에 감탄하고 돌아갈 것이다. 아니 만리장성의 해설에 대한 모순을 생각하기도 전에 만리장성의 길이에 압도당해 더 이상의 논리적인 생각을 하지도 못할 것이다.

이러한 역사왜곡에 대한 한국 정부당국의 대책에 대해 의

항쟁하던 시대)를 거쳐 위(魏)나라의 문제(文帝)에게 망함.

구심이 들었다. 의도적으로 잘못된 지도가 무려 세 개나 있는데도 한국의 역사학자나 정부 담당자들은 저런 것을 왜 그냥 묵인하는지 이해가 가지 않는다. 외교적으로도 방치해서는 안 된다. 2008년 북경 올림픽 때 수많은 사람들이 이곳을 찾아, 이 지도를 볼 것이다. 그리고 한반도에까지 뻗쳐있는 만리장성의 규모에 대해 놀라고 갈 것이다.

만약 그런 사람들이 한국에 와서
"경원아, 나 부탁이 있어. 한국에 있는 만리장성을 보고 싶어."
라고 말을 한다면 나는 어떻게 해야 하는가? 그것이 거짓말이었다는 것을 설명하고 이해시키는데 많은 시간이 소요될 것이다.

그리고 이렇게 반문할지도 모른다.
"그렇게 멋있는 것이 여기에는 없다고? 한국은 예전에 중국의 지방 정권이 아니었니?"

이렇게 인식을 하는 사람들이 많아질 것이 불을 보듯 뻔하다(명약관화 ; 明若觀火).

중국과 미국·일본 사이에 끼어있는 한국을 '샌드위치 국가'라고 한다고 한다. 강대국 사이에서 어떻게 해야 강성해질 수 있을까 하는 생각이 든다. 중국은 저렇게 말도 안 되는 일을 과감하게 추진하고 있다.

지도 몇 개가 뭐가 중요하냐고 할 수도 있겠지만, 이러한 것 하나하나가 사람의 의식을 바꾸고 행동에까지 영향을 미친다. 동북공정(東北工程)을 통해 중국이 실행하고 있는 새로운 팽창주의 정책에 대해 두려운 생각이 든다.

올림픽을 계기로 잠룡이 비상할 때 이러한 문화적이고 학술적인 기반들이 그 근간이 될 것이다. 잘못하면 한국은 중국의 속국이었던 것처럼 비춰질 수도 있다는 생각이 들었다.

북한과 협력하여 중국의 이러한 야욕에 대응해야 한다. 민족공동체가 강하게 싱립되어 타국가의 부당한 역사 왜곡에 함께 맞서야 하겠다.

14 : 00
기다려라. 북경대여!
내가 호랑이굴에 들어가마!

2시 7분이 되었다. 만리장성에서의 기나긴 사념에 이어 북경대학(北京大學)[1]을 찾았다. 북경대학에서는 무엇을 얻어

---

1 전신은 1898년 창설된 경사대학당(京師大學堂)이며, 1912년 중화민국 성

가게 될 것인가 하는 기대감에 흥분되었다.

중국 최대의 대학이라고 하는 곳에서 미래의 대사학자를 꿈꾸는 내가 얻을 수확은 많을 것이다. 소문에 의하면 아직 그 환경이 열악하다고 하지만 그래도 13억 인구 중에서 최

립에 수반하여 베이징대학(북경대학)으로 개칭되었음. 1916년 학장으로 취임한 차이위안페이(蔡元培)의 개혁으로 신문화운동의 중심이 되어 근대 학술연구와 토론의 자유 학풍을 확립하였고, 특히 1919년 5·4운동이 재 학생들에 의해서 추진된 이후 학생운동의 중심적 역할을 하게 되었다. 1949년 중화인민공화국 성립 후, 1952년의 대학 재편성에 의하여 옌징(燕京)대학·칭화(淸華)대학과의 조정이 단행되어 문·이과계의 기초이론을 중심으로 한 종합대학으로 개편되었으며, 1977년부터 국가통일 입시제에 의하여 입학자를 선발하고 있다.
법률학·중국언어문학·수학·경제학·철학·역사학·국제정치학·사회학·고고학·물리학·컴퓨터과학기술학·전자공학·생물학·지리학·화학·영어문자학·동방언어문자학·서방언어문자학·심리학·러시아언어문자학 등의 학부가 있으며, 동방어문학 계열의 각 전공 및 서방어문학 계열의 전공은 5년이고 그 외에는 모두 4년제임.

고의 수재들만 모인다는 곳에 가고 싶었다. 가이드 아저씨의 안내를 따라 일단 북경대로 가보았다.

그런데 차를 내려서 걷고 있는 이곳이 바로 북경대라고 한다. 나는 대학이라고 해서 한국처럼 교문이 있고 담에 둘러싸인 캠퍼스 안에 멋진 대학생들이 파일이나 책을 옆구리에 끼고 삼삼오오 이야기를 나누며 돌아다닐 것으로 상상했었다. 그런데 이곳은 완전히 한국의 어느 시골 동네 같았다. 자전거 수리하는 곳도 있고, 음식점도 있고, 돌아다니는 사람들도 대학생같지 않았다.

우리는 우선 점심을 먹으러 식당으로 갔다. 학생 전용 식당은 문을 닫았다고 해서, 북경대 안에 있는 한 식당으로 갔다. 거기서 저렴한 가격에 점심을 먹었는데, 개고기를 판다는 것이 좀 충격적이었다.

식사를 하고 북경대 여기저기를 돌아다녔다. 뭐가 뭔지 잘
몰라서 흥미를 느끼지는 못했다. 그냥 어느 소도시를 돌아다
니고 있다는 생각이 들었다. 그런데 재미있는 것은 한국의
초등학생들과 학부모들로 구성된 단체 유람객들을 만났다는
사실이다. 초등학생들을 데리고 중국 답사를 온 모양이다.

그런데 겨울에 아주머니들은 왜 선글라스를 끼고 멋지게
차려 입었는지 모르겠다. 무슨 파티에 가는 사람들처럼 치장
을 하고 북경대를 여기저기 돌아다니고 있었다. 옆에서 보니
좀 꼴사나워보여, 내가 창피하기도 했다.

그런데 솔직히 북경대 안에 들어와 보니 나 자신도 흉본
저들 아주머니들과 다를 바가 없다는 것을 깨달았다. 나는
그저 건물만 보고 돌아다니고 있었던 것이다.

중국어를 잘 해서 모르는 것에 대해 물어 보면서 호기심
을 채워가는 것도 아니고, 도서관에 들어가서 한 시간이라도
공부를 한 것도 아니고 수박 겉핥기식이니 나 자신이 좀 한
심하다는 생각이 들었다.

그러나 결심한 것은 있다. 한국에서 대학교 때 동양사(東
洋史)를 전공하고, 북경대에서 석사 학위를 받을 것이다. 나

는 동아시아사를 전공하고 싶다. 고조선·고구려·발해·백제를 연구하는 것이 주목적이지만, 그러기 위해서는 동아시아사를 알아야 하기 때문이다. 고조선과 연관되는 당시 중국이나, 발해와 연관되는 당시 동아시아의 국가들을 연구해야 제대로 된 한국 고대사를 깊이 있게 파헤칠 수 있다고 본다.

그래야만 팔달령 장성에서 보았던 지도에 대한 반론을 논리정연하게 펼 수 있을 것이다. 그러기 위해서는 이곳 중국에서 자료를 수집하여 이들에게 학문적으로 대항할 수 있는 논리를 구축해야겠다는 생각을 했다.

북경대는 싱싱했던 깃처럼 겉만 보아시는 멋있는 학교는 아니었다. 물론 이것은 건물만을 보고 느낀 피상적인 생각일 뿐, 조만간에 세계 지식의 중심지가 될 것이다.

나는 이곳에서 반드시 나의 학문적 기반을 다지고 싶다. 그리고 한국으로 돌아가 내가 하고자 하는 연구를 해야 한다. 동북공정에 대항할 수 있는 탄탄한 학문적 기반을 세울 수 있었으면 좋겠다. 이것이 만리장성을 다녀오고 북경대를 거닐면서 느낀 소회(所懷)이자 결심이다.

찬찬히 북경대를 거닐면서 이런저런 생각을 하다보니 기분이 편해졌다. 뭔가 내가 해야 할 일에 대해 보다 명확하게 깨달았기 때문이다. 고등학교 공부에 약간 지치고 싫증이 나 있는 자신을 다잡아야겠다는 결심을 했다.

그래서 맹세하는 심정으로 북경대학 도서관 앞에서 사진을 찍었다. 십년 내로 이곳에 와서 공부를 할 것이다. 한국에서 대학을 다니며 고대사(古代史)를 전공하고, 중국 북경대학에 들어가 역사학을 전공하여 중국의 동북공정 이론에 대항할 수 있는 탄탄한 이론을 세우기 위해서 깊이있는 연구를 하고 싶다. 고조선과 고구려 그리고 발해 중에서 하나는 똑부러지게 연구해서 이들에게 정면으로 맞서고 싶다.

호랑이를 잡으려면 호랑이굴에 들어가야 한다.

2007년 1월 18일 이러한 다짐을 여기에 묻고 간다.

"기다려라. 북경대학이여~!"

오늘 찍은 이 사진 한 장은 나에게 시사하는 의미가 크다. 나는 그간 막연히 학자가 되고 싶었을 뿐이었다. 하지만 학자가 되어서 내가 심혈을 기울일 구체적인 연구 주제를 발견하지는 못했었다. 그러다보니 학문적으로 목적의식이 빈약한 반쪽 학생이었던 것 같다.

그러나 만리장성에서 고의적으로 조작된 지도를 보고나니 저러한 만행을 방지할 수 있는 연구를 하고 싶어졌으며, 또

그간 나태해졌던 나에게 큰 자극이 되었다.

반드시 여기 북경대학에서 그 꿈을 위한 중간 기반을 다
지고야 말겠다.

15:09
이화원에서 21세기 문화감성의 시대를 보다

북경대를 뒤로 하고 이화원(頤和園)[1]으로 향했다. 이화원
을 찾은 목적은 답사 외에 순수 유람을 하고픈 생각도 있었
다. 만리장성과 북경대를 거치면서 흥분도 하고 여러 생각을
많이 해서 그런지, 그냥 아름다운 곳을 보면서 정신적으로
여유를 가지고 싶었다. 가이드 아저씨가 동선(動線)을 최소
화하는 이동로를 선택해서 아주 편했다.

---

1 중국 베이징시(북경시) 서쪽 교외에 있는 공원. 총면적 2.9km^2. 1153년
완안량(完顔亮)이 행궁(行宮)을 설치한 것이 시초이며, 원(元)나라 때 지
금의 완서우산(萬壽山)과 쿤밍호(昆明湖)를, 명(明)나라 때 호산원(好山園)
을 조성하였다. 청(淸)나라 때인 1764년에 개축, 청의원이라 불리다가 1888
년 서태후(西太后)가 다시 개수하고 이허위안이라 개칭하였다. 1924년 공
원으로 바뀌었는데 동북부의 궁전구역에는 런서우뎬(仁壽殿)·러서우탕
(樂壽堂) 등 웅장하고 아름다운 건물이 많이 있으며, 궁전구역 서쪽 풍치
구역에는 전통적인 채색화가 그려져 있는 창랑(長廊)회랑, 쿤밍호를 가로
지르는 스치쿵차오(十七孔橋)다리 등이 있다. 이 밖에도 고전적인 조경
풍치림의 특성을 풍부하게 살린 화려한 건물·정원·산 등이 조성되어 있
어 중국 조경풍치림의 극치를 보여주고 있음.

하루에 만리장성과 북경대 그리고 이화원까지 답사한다는 것은 거의 살인적인 스케줄이었지만, 지혜로운 가이드 덕분에 모든 것이 순조롭게 진행되었다. 가이드해 주신 아저씨는 역사학 분야에 해박하셔서 나에게 많은 도움이 되었다.

이화원의 북궁문쪽으로 가서 20원을 주고 표를 샀다. 표번호는 '06310613'. 답사를 다니면서 표를 수집하는 취미가 생겼다. 답사에서 돌아와서도 표를 보면 당시 보았던 것들과 느낌이 생생하게 생각난다. 그래서 나는 표를 꼭 챙긴다. 나중에 글을 쓸 때도 필요하고 추억을 더듬을 때도 단서를 제공해 주기 때문이다.

이화원에 들어서니 아름다운 건물들이 나타났는데, 날씨가 화창하여 더욱 멋있었다. 왕족들이 이곳에 와서 놀았다고 하니 무릉도원이 따로 없었구나 하는 생각이 들었다. 그들은 자금성(紫禁城; 쯔진청)에서 조금 벗어난 곳에 이런 인공 별장을 지어 놓고 기울어져가는 청(淸)나라[1]를 바라보면서 무슨 생각을 했을까?

---

1 중국의 옛국호. 만주족인 누루하치가 명(明)나라를 멸하여 1616년 홍경(興京)에서 태조라고 칭하고, 뒤에 후금(後金)을 세웠는데, 1636년 태종이 국호를 청(淸)이라고 고침. 중국 최후의 왕조로, 강희·건륭 시대에 전성하여, 중국 사상 최대의 판도를 누리다가 신해혁명으로 12대로 멸망함. 수도는 처음에는 심양, 나중에는 베이징(北京)임(1616~1912년).

이화원에 들어서니 전통적인 동양의 건축양식을 살펴 볼
수 있었다. 위의 사진을 보면 건물 끝에 수호신을 상징하는
조각상들이 있다. 한국 건물의 기와 끝에는 항상 치우천왕
(蚩尤天王)[1]의 기와가 있는 것과 같은 이치일 것이다. 그런

---

[1] 환인이 다스리던 환국의 뒤를 이어 환웅천왕이 건국했다고 하는 배달국
(倍達國)의 제14대 천왕으로서, 〈한단고기(桓檀古記)〉 삼성기편에 의하면
B.C. 2707년에 즉위하여 109년간 나라를 통치했던 왕이라고 한다. 자오지
(慈烏支)환웅이라고도 한다. 그는 신처럼 용맹이 뛰어났고 구리로 된 머
리와 쇠로 된 이마를 하고 큰 안개를 일으키며 세상을 다스렸다고 전해진
다. 광석을 캐어 철을 주조하는 병기제작술이 뛰어나 세상 사람들은 치우
천왕이라 불렀다. 치우란 세속의 말로 우레와 비를 크게 만들어 산과 강
을 바꾼다는 뜻이다.
왕동령의 〈중국민족사(中國民族史)〉에 의하면 4천년 전 현재의 호북성·
호남성·강서성 등지를 이미 묘족들이 점령하고 있었으며 중국의 한족(漢
族)이 들어오면서 차츰 이들과 접촉하게 되었는데, 이 나라 이름은 구려
(句麗)이며, 군주는 치우(蚩尤)라 기술되어 있다. 중국의 〈사기〉를 당나라
의 장수절이 주해한 책에는 '구려의 군주는 치우이다'라고 되어 있고, 같

데 특이하게도 해태(해치〈獬豸〉)[1]와 용 그리고 닭을 타고 가는 사람들의 형상이 많았다. 닭은 왜 타고 있는지 궁금했다. 닭 뿐만이 아니고 아무것도 모르기 때문에 그냥 지나쳐버리는 많은 유물들에 대한 무지에 슬픔을 느꼈다. 이 역사적 명소에 있는 모든 것에 그 기원과 유래가 있을 텐데 그냥 지나쳐버리는 기분이 씁쓸했다. 이런 것들을 만든 선조들도 씁쓸해 하실지도 모르겠다.

이러한 귀중한 시간을 헛되이 낭비하지 않게 하기 위해, 답사시간보다 그 준비에 열배 이상의 시간이 걸린다는 말이

은 〈사기〉를 송나라의 배인이라는 인물이 주해한 책에 따르면 '치우는 옛 天子이다'라고 하여 동이족의 제왕이었음을 밝히고 있다.

치우천왕은 고대 중원에서 군신(軍神), 병주(兵主)로 추앙되었는데, 〈사기〉 봉선서에 의하면 한나라를 세운 유방(劉邦)은 전쟁에 나아가기에 앞서 치우에게 제를 올린 다음에 출전하였고, 그후 한나라를 세운 뒤에는 치우의 사당까지 세웠다고 한다.

안그라픽스사 한국전통문양집 3권 도깨비편에 의하면 '도깨비의 기원 중 하나로 치우장수 기원설을 설명하고 전설 속의 인물인 치우장수는 본래 동이(東夷)계의 군왕으로 중국 황제에 대항하였다 하여 후세에 제(濟)나라의 군신(軍神)으로 숭앙되었다 하며, 병주(兵主)의 신이라 불리워 온 도깨비의 조상이기도 하다'고 설명하고 있다.

일본이 삼족오(야타가라스)라는 건국 신화의 상징을 일본 축구를 상징하는 표지로 만든 것처럼, 한국 축구 대표팀과 그를 서포팅하는 붉은 악마, 그리고 그 자체로 한국 축구를 상징하는 이미지로서 치우천왕의 상은 한국 축구 승리의 결연한 표지가 될 수 있다고 믿는다.

1 시비와 선악을 판단하여 안다는 신기한 상상의 동물. 사자와 비슷하나 머리 가운데에 뿔이 하나 있다 함. 옛날부터 석상으로 새겨 궁전 좌우에 세웠으며 또 고대 중국에서는 이 짐승을 본떠서 번관의 관을 만들었음. 해태(海駝)라고도 함.

있나보다. 한 시간을 답사하려면 실제로 열 시간은 공부를 해야 한다. 저 처마 장식에도 무슨 의미가 분명히 있을 것이다. 그런데 저런 것을 알려면 어느 책을 찾아봐야 하는지 조차 잘 모르겠다. 건축학에 관한 책을 봐야 하는지, 아니면 역사학에 관한 서적을 봐야 하는지…?

하여간 서울에 돌아가면 누군가에게 물어 봐야 하겠다. 모르는 것이 있으면 금방금방 알 수 있는 요술상자라도 있었으면 얼마나 좋을까 하는 엉뚱한 생각을 해보았다.

처마를 보면서 산을 오르다 보니 어느덧 정상에 다 달았는데, 기이한 형상의 돌로 산을 만들어 놓았다. 그리고 마치 신선들이나 살 것 같은 집들이 있었다. 아니 무당의 거처라면 적당할 만하였다. 서태후(西太后)[1]가 이곳을 세웠다고 하는데 그래서 그런지 도교와 불교의 색채가 심했다.

기괴한 돌로 만들어진 산을 넘어 내려가니 어마어마하게 큰 인공호수가 보였다. 사람들이 땅을 파서 구덩이를 만들고

---

1 중국 청조(清朝) 함풍제(咸豊帝)의 황후. 동치제(同治帝)의 생모. 1861년 동치제가 다섯 살에 즉위하자 모후로서 동치제와 함께 집정. 1874년 동치제가 사망하자 세 살 난 그의 조카 광서제(光緒帝)를 강제로 즉위시키고 재차 집정. 1889년 정부에서 떠났다가, 1898년 광서제가 신정을 수행하자 그는 보수파들과 공모하여 쿠데타를 일으켰으며, 그 후에도 세 차례나 집정하였다(1835~1908년).

거기에다 물을 넣어 인공호수를 조성했다고 한다. 그리고 더욱 놀랄만한 것은 그렇게 땀을 뻘뻘 흘리면서 등반했던 산이 바로 그 흙으로 쌓아 올린 인공산이라고 하니 놀라지 않을 수 없었다. 인공산에다가 인공호수라……. 중국 특유의 상상을 초월한 규모에 대한 사고와 집착에 경악했다. 저렇게 넓은 곳을 사람들이 직접 팠다니 정말 경이로웠다.

높은 산을 쌓아 지상의 낮은 존재들로부터 벗어나 천상의 권위를 가지려, 넓은 호수를 만들어 하찮은 백성들과 자신을 구분 지으려했던 황제의 오만함을 서태후는 이화원을 통해 형상화하려고 했던 것은 아닐까?

이곳은 1998년 유네스코 지정 세계문화유산으로 등록되었다. 북경 서쪽 외곽인 해정구(海淀區: 하이디엔취)에 위치해 있으며, 북경 시내에서는 15 km 떨어져 있다. 영국과 프랑스 연합군이 원명원(圓明園)¹을 불태웠을 때 함께 파괴되었다가 광서 14년(1888)에 서태후는 해군 군비를 이용해서 다시 재건했다.

그리고 이로 인해서 청일 전쟁에서 패하였는데, 이 때 이름을 현재의 "이화원"으로 바꿨다. 1900년에 이곳은 8개국 연합군의 공격을 당했다. 그러자 청나라를 망국의 길로 들어서게 한 서태후는 서안(西安: 시안)에서 북경으로 돌아온 후에 다시 거대한 자금을 들여 복구에 나섰다고 한다.

이화원은 무엇보다도 규모면에서 대단하다. 총면적이 294 km²인데, 본래 평지였던 곳을 파내 만든 곤명호(昆明湖)²와 호수에서 파낸 흙으로 쌓은 만수산(萬壽山: 완서우산, 옛 이름은 몽산)으로 구성되어 있다. 내가 오르고 또 건넌 이곳이 바로

---

1 중국 청대(淸代) 이궁(離宮)의 하나. 1709년 옹친왕이 베이징의 서북쪽 10km의 하이덴(海淀)에 건설하고 건륭제가 증개수하여 장춘원·기춘원을 추가함. 넓고 우아한 정원과 바로크식 건축으로 유명했으나 1860년 영·불 연합군의 베이징 점령시 파괴됨.
2 쿤밍호라고 부른다. 중국 베이징 교외 완서우산(만수산) 아래에 있는 못. 청(淸)의 건륭제 때 시산(서산 ; 西山)에서 발원하는 위촨(옥천 ; 玉川) 강의 물을 끌어 종래의 시후(서호 ; 西湖)를 넓힌 것으로 둘레는 120km.

곤명호와 만수산인데, 그 중 수면이 전체의 3/4을 차지한다.

서태후가 이화원에 이처럼 각별한 관심을 둔 것은 오직 피서와 요양을 하기 위해서였는데, 1903년부터는 대부분의 시간을 이곳에서 보냈다고 한다. 서태후는 이곳에서 신하들과 국정을 논할 일이 많이 생기자 정원 앞부분에 궁전과 생활 거주 지구를 짓기 시작했다고 한다. 나라가 망하려면 이러한 사람이 꼭 나타나는 것 같다.

이화원에서 가장 많은 부분을 차지하는 곤명호(昆明湖)는 인공호수이지만, 인공이라고 믿기 어려울 정도로 그 규모가 엄청났다. 지금은 겨울이라서 수심이 평소보다 2m정도 줄어 있었다. 더구나 날씨가 추워서 곤명호 전체가 빙판으로 변해있었다.

그래서 도보로 건널 수 있지만, 여름에는 보트와 유람선을 타고 뱃놀이를 즐기는 사람들을 볼 수 있다고 한다. 여름에 답사를 와서 배를 타고 건넜으면 좋았을텐데.

이화원의 주요 명소들로는 정문인 동궁문(東宮門)을 비롯해, 덕화원(德和園), 장랑(長廊), 불향각(佛香閣) 등이 있다. 여기 들어올 때 받은 표를 보니 불향각이 제일 중요한 건물인 것 같았다.

동궁문은 이화원의 정문이다. 덕화원(德和園)에는 중국에서 현존하는 가장 큰 규모의 경극(京劇)[1] 극장이 위치하고 있다고 가이드 아저씨가 설명해 주셨다. 높이 21미터에 상, 중, 하 3층으로 이루어져 있다. 장랑(長廊)은 동쪽으로는 요월문(邀月門)에서 시작하여 서쪽의 석장정(石丈亭)까지 전체 길이 728 m에 총 273칸의 화랑으로 이어진 복도 건축물로 중국에서 가장 크고 긴 장랑(長廊)이다.

마지막으로 불향각(佛香閣)은 만수산 앞 산비탈길에 세워진 높이 21미터의 거석 위에 세워진 전각으로, 남쪽으로는 곤명호를 향하고 있고, 뒷쪽으로는 지혜해불전(智慧海佛殿)을 기대고 있다. 이화원의 상징적 건축물이라고 할 수 있다. 나는 지혜해불전으로 들어와서 동궁문으로 나갔다.

다음 사진은 불향각을 곤명호 바로 앞에서 찍은 사진이다. 이 사진 뒷쪽에 바로 넓은 곤명호가 있다. 불향각은 이화원의 중심 건물로 보였다. 만수산의 제일 높은 곳에 위치해 있

---

1 중국 청나라 때에 시작된 중국의 구극(舊劇). 북경의 극이란 뜻으로 경극이라 하였다. 희문(戲文)을 개편하여 각색한 것을 각본으로 삼은 가극같은 연극, 가창을 주로 하는 문희(文戲), 몸짓을 주로 하는 무희(武戲), 양자를 합친 문무희(文武戲) 등이 있음. 본래는 장치없는 무대에서 하였음. 경희(京戲)라고도 함.

는데, 무슨 제단 같다는 생각이 들었다. 종교적인 의식이 행
해졌을 것 같았다. 서태후가 불교를 믿었는지 아닌지 모르겠
지만, 불교적인 색채가 심하게 났다. 조선의 왕후들도 도교

와 불교를 믿었는데 중국에서도 여성 왕족들은 불교와 도교에 심취해 있었는지 궁금했다.

생각할수록 궁금한 것이 많았지만 나 자신은 정말 아는 것이 너무도 없다는 것을 깨달았다. 불향각의 의미를 서울에 가서 다시 살펴봐야겠다. 고등학교 공부를 빨리 마치고 대학교에 들어가 이런 궁금증을 여유있게 조사하고 알아보고 싶다. 고등학교 국사책에서는 정치사 중심인 역사적 사실만을 나열해 놓아서 배울 맛이 안 날 때가 많다. 대학에서 사회사는 물론 문화사 분야를 더 깊고 생생하게 배우고 싶다.

이렇게 불향각을 타고 내려오니 멋있는 장랑이 나타났다. 위에서 설명했듯 장랑은 매우 긴 야외 복도이다.

복도가 주욱 늘어서 있고, 그 안에는 그림들로 채워져 있다. 호수를 옆에 두고 바라보며 산책을 하기에는 최고라는 생각이 들었다. 서태후도 이곳을 마치 신선이 된 기분으로 여유있게 거닐었을 것이다.

800미터 정도를 천천히 걷다보면 심란했던 마음도 깨끗하게 정화될 것이다. 또 아름다운 호수를 보면서 마음을 성찰할 수 있는 시간이 될 수 있으리라. 나도 마치 서태후(西太后)가 된 것처럼 이곳을 천천히 걸어 보았다.

저 멀리 십칠공교가 보였다. 아름다운 아치형을 한 다리로 매우 우아했다. 이 난간에 있는 그림들은 각각이 나름의 이야기를 지니고 있었다. 한 칸 한 칸 걸을 때마다 이야기꾼을 옆에 두고 각각의 스토리를 들어가면서 걷고 싶다는 생각을 했다. 그러면 아마도 이곳을 다 지나가려면 일 년은 넘게 걸릴 것이다. 정갈한 곡선을 그리면서 나가는 야외 복도는 그 미학적 아름다움이 극치를 이루었다.

삼국지(三國志)1, 수호지(水湖志)2, 서유기(西遊記)3, 금병매

---

1 본래는 중국 삼국시대의 역사를 기록한 책을 가리킨다. 위지(魏志) 30권, 촉지(蜀志) 15권, 오지(吳志) 20권으로 되어 있음. 진(晉)나라의 진수가 수집·기록함.
2 저작연대는 원(元)시대 또는 명(明)시대. 그리고 저자는 나관중 혹은 시내

(金瓶梅)[1]와 같은 소설을 떠올리고, 중국의 아름다운 자연 경관을 천천히 바라보면서 중국의 문화에 대해 생각해 본다. 건륭황제(乾隆帝)[2], 서태후, 그리고 모택동(毛澤東) 등 중국 위인들을 거치면서 이 장랑은 하나의 거대한 화랑으로 거듭났다.

세계 어디에서도 건축과 이야기를 이렇게 절묘하게 연결한 것은 없다. 레오나르도 다빈치의 그림이 아무리 뛰어나다고 해도, 이렇게 이화원이라는 거대한 조형물에 불향각을 병풍으로 깔고, 800미터 정도의 긴 야외 복도에 중국에서 가장

암이라는 두 실이 있다. 송밀(宋末)의 신화유사(宣和遺事)에서 띤 깃으로, 송나라 휘종 때 군도(群盜) 송강(宋江)이하 108인의 호걸이 산동성(山東省) 량산포(梁山泊; 양산박)에 모여 큰 사건을 일으킨 사적을 그린 소설. 수호전이라고도 함.

3 100회로 된 회장소설(回章小說)로서 명(明)나라 오승은(吳承恩)이 지음. 당(唐)나라의 승려 현장(玄奘)이 손오공(孫悟空)·저팔계(猪八戒)·사오정(沙悟淨)의 세 종자(從者)를 데리고 갖은 장애와 온갖 악마와 싸워 이겨서 인도로부터 무사히 불경을 가지고 돌아온다는 줄거리.

1 중국 명(明)나라 때의 장편소설. 왕세정(王世貞)의 작품이라고도 하나, 작자미상. 유랑아 서문경(西門慶)과 그 가족의 음탕하고 문란한 생활상태와 당시의 부패한 사회상을 생생하게 묘사하고 있음.

2 중국 청(淸)나라 제 6대 황제 고종의 칭호. 세종의 넷째 아들로 10회의 외정(外征)에 성공하여 인도차이나·대만·티베트 등의 지역을 평정. 당시 세계에서 가장 강한 국가를 형성하였으며, 안으로는 널리 인재를 등용하고 호학(好學)과 권학(勸學)으로 문학을 발전시켰음. 〈사고전서〉(四庫全書), 〈대청통일지〉(大淸統一誌) 등 책을 칙편(勅編)함. 조부인 강희제(康熙帝)와 더불어 '강희 건륭시대'로 일컬어지는 청조의 최융성기를 만들었으나, 만년에 들어 정치의 부패를 초래함(1711~1799년, 재위 1735~1799년).

유명한 이야기를 그림으로 형상화하지는 못했다. 약 14,000 점 정도의 그림이 있다고 하니, 그 풍부한 문화적 토양이 부럽다.

21세기는 문화감성 혁명의 시대라고 한다. 이제는 기술적인 측면에서만 어필한다고 상품이 잘 팔리지 않는다. 이미 한국에서도 그 징조가 나타났으니, 상품을 팔 때 그 속에 있는 이야기가 소비자의 감성을 자극해야 한다. 일례로 초코렛폰을 들 수 있다. 사진이나 음악 동영상과 같은 기술적인 요소도 중요하지만, 이제는 그 이상의 것이 더욱 큰 비중을 차지한다. 그것은 바로 문화적인 측면이다.

중국은 이러한 면에서 21세기 문화혁명 시대에 강대국으로 그 위용을 떨칠 것이라는 생각이 든다. 이 장랑이라는 긴 화랑에서 그 가능성을 보았다. 관우나 손오공 그리고 유비, 제갈량 등 헤아릴 수 없이 많은 캐릭터들을 상품과 연결시켜 마케팅을 할 경우 효과를 극대화할 수 있을 것이다.

무선인터넷 광고를 하면서 손오공(孫悟空)[1]으로 메인 모

---

1 중국 소설 서유기에 나오는 조화를 부린다는 가상적 원숭이. 칠십이만 변화의 술(術)과 근두운(구름)의 법을 수득하여 천공을 어지럽혔으나, 불조

델로 세운다면 손오공의 신출귀몰한 능력과 어디서든 튀어 나오는 신속함 등의 이미지가 마치 구름을 타고 정보를 신속 정확하게 전달하는 무선 인터넷의 이미지와 맞아 떨어져서 큰 상품판매 효과를 낼 수 있을 것이다.

올림픽 마스코트(mascot)를 정하는데 있어서 관우(關羽)[1], 손오공, 용 등 수많은 캐릭터들을 놓고 고민했다는 소식을 듣고 좀 부러웠었는데, 여기 와서 보니 중국 문화의 두터운 컨텐츠에 대해 다시 한번 생각해 보게 되었다. 이렇게 긴 난간을 소설의 한 장면 장면들로 채워 이것을 자랑스러운 관광지로 만든 것이다. 우리나라도 이런 것은 벤치마킹했으면 좋겠다는 생각을 했다. 연관있는 지자체에서 구운몽이나 춘향전, 심청전 등을 활용해서 이화원과 같은 telling story가 있는 시대건축물을 지으면 좋을 것이다.

이렇게 장랑을 답사한 후 곤명호(昆明湖)를 걸었다. 겨울이라서 얼음으로 덮여 있어 사람들이 걸어서 동궁문으로 나가고 있었다. 우리는 일단 저 멀리 보이는 아름다운 십칠공교

의 법력에 의해서 진압되고, 후에 현장 삼장을 따라 팔십일난을 극복하여 천축에 들어가서 삼장으로 하여금 오천 사십팔 권의 경문을 얻게 하였다 함.
[1] 중국 삼국시대 촉한(蜀漢)의 무장. 자는 운장(雲長). 장비와 함께 유비와 의형제를 맺고 유비를 도와 전공치적이 현저하였음. 뒤에 손권에게 모살 당함. 후세 사람이 각처에 관왕묘를 세워 모심(?~219년).

로 갔다. 아치형태가 매우 단아했다. 벌써 어두워지려고 해서 빨리 걸었다. 십칠공교에 다다르니 호수에 노을이 지고 있었다. 빨간 빛과 노란 빛이 어우러져 너무 아름다웠다. 이 다리는 544개의 사자상이 있는데, 각기 그 모양이 다르다고 한다. 날이 어두워져서 사진에 잘 담지는 못했지만 각각 자신의 개성을 잘 드러내고 있었다.

다리는 황제가 가마를 타고 지나갈 수 있을 정도로 넓었다. 아마도 서태후가 가마를 타고 이 목전까지 오지 않았나 하는 생각이 든다. 지금 시간이 5시 30분, 붉은 빛 노을이 이화원을 서서히 훑어 내리고 있었다. 이화원의 경관은 흡사 파스텔을 엷게 덧칠한 것같은 분위기였다. 이런 곳에서는 모든 사람이 저절로 시인이 될 것만 같다.

사자상 하나를 사진기에 담았다. 554가지 사자의 모양이 있었는데, 이들은 각기 다른 사연들을 지니고 있었다. 내가 찍은 사진은 사자가 새끼를 어르고 있는 형상이었다. 의미를 알아보니 어미 사자가 새끼 사자를 훈육하는 모습을 상징하고 있다고 한다.

숫사자의 경우 지구를 다리 밑에 두고 있다. 보통 큰 건물 정문의 오른 쪽에는 숫사자가 지구를 누르고 있고, 왼쪽에는 암사자가 새끼를 누르고 있다고 한다. 중국에는 사자상들이 많았는데 모두 그런 형태인지 궁금했다.

남자는 밖에 나가서 치국평천하(治國平天下)[1]를 하고 여자는 집에서 집안을 잘 다스리라는 의미 같았다. 조금 유교적(儒敎的)인 발상 같지만 이러한 조각상들을 통해서 가치관들을 표현하는 것을 보니 재미가 있었다.

사진을 찍으면서 다리를 걸으니 마치 사자들이 호위를 하는 것 같은 기분이 들었다. 544마리의 사자들이 호위를 하면서 나를 지켜주는 것 같았다. 호수에는 노을이 아름답게 펴

---

1 수신제가 치국평천하(修身齊家 治國平天下)로 심신을 닦고 집안을 잘 다스린 후, 나라를 잘 다스리고 온세상을 편안하게 한다는 뜻이다.

排雲門

萬象光昭

지고 다리 위에는 귀여운 사자상들이 단아한 아치형을 그리면서 연이어져 있었다. 오늘 하루의 바쁜 일정의 피로가 모두 사라지는 듯 했다. 이러한 느낌이 좋아서 서태후(西太后)는 이곳에 그렇게 자주 왔었나 보다.

18:00
청화대 도자기 심포지엄 참석에 앞서 중국을 공부하며 되돌아보다

날이 어두워져, 우리는 더 이상 이화원에 머무를 수 없었다. 아쉬움을 뒤로 하고 이화원을 나와 차를 타고 작년에 다

녀온 적이 있는 청화대(淸華大 : 칭화대)[1]를 다시 찾았다. 청화대는 북경대와 쌍벽을 겨루는 대학이다. 이과대학이 강세를 보인다고 하는데 도착 시간이 너무 늦어서 정문에서 사진만 찍었다. 역시 이곳에도 사자상이 정문을 지키고 있었다. 북경대의 정문들이 다소 고전적이라면, 이곳의 청화대의 정문은 현대 서구식이었다. 학교의 기풍도 그러하지 않은가 하는 추측이 갔다. 확실히 북경대는 인문학이 발달하였고, 청화대는 공대나 의대가 발달하였다고 한다.

지난 여름 나는 청화대에서 도자기 관련 심포지엄(symposium)에 참석했다. 도자기와 관련하여 각종 학술적인 내용을 토론하는 자리였다. 나는 어머님께서 컬렉션하여 소장하고 계신 소중한 중국 도자기들을 관리해야 하는 의무를 지니고 있기에 자원해서 참석하여 교육을 받았다. 우리 집에서 소장하고 있는 도자기를 관리하기 위해서는 나 스스로가 전문가가 되어야 한다고 생각한다. 따라서 도자기에 대한 연구는 내 평생 지속될 것이다.

---

1 중국 베이징(북경)에 있는 국립대학. 1911년 미국 유학생 교육기관으로서 창설된 칭화학교의 후신으로 1928년 국립대학이 됨. 1952년 베이징(북경) 대학의 공과계열을 흡수하고, 문학·이학·법학부는 베이징 대학으로 이관함으로써 이공계 인재 양성을 주목적으로 함.

교육을 받으면서 집에 있는 도자기가 문화사적으로 매우
귀중한 것임을 깨달았다. 자기에 대해 문외한일 때는 그 금
전적 가치를 전부로 여겼는데, 이제는 유물마다 담겨있는 고
유의 참된 가치를 알게 되었다. 이런 중요한 유물을 가지고
있다고 생각하니 가슴이 벅차 올랐다.

지난 여름 심포지엄에 참석하기 위해 중국에 들어가기 전
에 내가 공부한 내용은 다음과 같이 정리할 수 있다.

우선 실크로드에 대해 살펴보았는데, 실크로드는 중국 한

왕조 대부터 근대에 이어지기까지 중국과 서양 나아가 동양과 서양의 역동적인 교류가 이루어진 유명한 길이다.

그리고 차례로 한대(漢代)의 도자기와 공연문화 백희(百戲), 당대(唐代)의 유명한 도자기 당삼채(唐三彩), 송원대(宋元代)의 뛰어난 도자기 등을 차례로 살펴보기로 한다.

여기서 나오는 도자기에 대한 역사적 배경 등은 공식적으로 출판된 텍스트를 기반으로 했지만, 대부분 어머니께서 소장하고 계시는 것들이라 직접 만져보고 관찰하며 미학적 가치에 대해 훨씬 더 치밀한 연구를 할 수 있었다.

우선 실크로드(silk Road)에 대해 알아보기로 하자.

고대 그리스, 로마 시대부터 동서양의 문명은 비단길·향신료길·도자기길 등 다양한 통로를 통해 문화를 교류하고 있었다.[1]

19세기 말, 독일의 지리학자 페르디난트 폰 리히토펜은 중국과 서양을 연결해 왔던 모든 교역로를 통칭하여 '비단길'이라고 이름 붙였고, 곧 이 명칭은 널리 전파되었다. 사실 이 명칭의 기원은 아주 오래 전으로 거슬러 올라간다. 로마인이 비단을 알게 된 B.C. 1세기부터 극동 아시아와 유럽

---

1 장 피에르 드레주 지음, 이은국 옮김, 실크로드-사막을 넘은 모험자들, (주)시공사, 2004.

사이에 무역거래가 이루어지면서 생겼던 것이다. '비단길'은 향료 · 종이 · 도자기 · 보석 등을 교역했던 통상로였을 뿐만 아니라, 동서양의 학문 · 종교 · 기술이 상호 교류되던 통로 이기도 했다.

중국 북방의 초원지대를 떠돌아다니던 유목민인 흉노족은 B.C. 3세기경 중국을 통일한 진시황(秦始皇)을 황하 유역에서 자주 공격해 약탈과 횡포를 일삼았다. 이러한 횡포의 흉노(匈奴)[1]족을 막기 위해, 중국 북쪽 지역에 동서를 가로지르는 성벽을 확장하여 방어를 견고히 했다. 그것이 유명한 만리장성(萬里長城)이다. 한편 진(秦)나라에 억눌려 오던 흉노족은 한왕조(漢王朝) 초기인 2세기에 접어들면서 막강한 세력을 형성한다.

한(漢)나라의 수차례 무력 진압은 수포로 돌아가고, 정략결혼을 통해 그들과 평화조약을 체결한다. 이로서 간신히 진

---

1 기원전 3~1세기 사이에 장성(長城)지대와 몽고지방에서 활약한 북적의 일파인 유목민족. 그 수장을 선우(單于)라 하여, 묵돌 선우 이후 150년간 이 그 전성기로 우수한 청동제 무기를 갖고 동은 러허(熱河 : 열하)로부터 서는 지금의 신장성 까지의 광대한 지역에 군림하여 한(漢)나라를 여러 차례 침공하였음. 후한(後漢) 때에 남북으로 분열함. 종족은 몽고계인지 터키계인지 분명하지 않으나, 4세기 경에 유럽으로 이동한 일부와 더불어 훈족(Hun族)이라 일컬음.

(秦)은 국경의 평화를 유지할 수 있었다. 한(漢)나라는 흉노족에게 1년에도 몇 차례씩 비단이나 술·쌀과 같은 조공품(朝貢品)을 보냈다. 조공품의 수량은 많아지고, 각종 귀중품과 비단 보따리가 흘러넘치게 된다. 흉노족은 이러한 잉여물자를 이용해 서방의 타 유목민족과 물물교환을 했다. 이 유목민족이 서양에 비단을 전해 주었던 것이다.

평화조약에도 불구하고 흉노족은 계속 한(漢)나라를 위협했다. 결국 한나라는 흉노족과 적대관계에 있는 중앙아시아의 다른 민족들과 동맹을 모색하게 되었다.

흉노에게는 숙적이 하나 있었으니 대월지(大月氏)[1]라고 칭했다. 그들도 유목민족으로 본래는 둔황과 치롄산 사이에서 살았다. 진(秦)나라 말엽, 흉노가 몽골 초원에서 갑자기 흥기하여 서쪽으로 확장하면서 월지왕(月氏王)을 죽이고 그곳을 떠나도록 핍박했다. 그래서 월지인은 전 민족이 톈산 북쪽 기슭인 이리강 유역으로 옮겨가고, 나중에 다시 중앙아시아 아무강(Amu江) 유역으로 이사했다.

---

[1] 기원전 3세기 경 중앙아시아의 아무강(Amu江) 유역에 터키계 또는 이란계 등의 민족이 세운 나라. 대하(大夏)를 평정하여 세력을 떨쳤으나, 후에 대하족 귀상부가 대신 일어나 지배하였음. 황허(黃河) 상류의 잔존 세력은 소월지라 불리었음. 쿠샨(Kushan) 왕조도 대월지의 제후의 하나가 독립한 것이다.

한(漢)나라는 대월지(大月氏)를 염두에 두고 그들과 동맹을 맺어 함께 흉노를 물리치려 했다. 그리하여 무제(武帝)[1]는 대월지국에 사신으로 갈 지원자를 전국적으로 공모했는데, 애국의 열정을 품은 장건이 나섰다.

이러한 대월지족의 협력을 얻어내려 했던 장건(張騫)[2]의 임무는 실패로 끝났다. 그렇지만 13년 동안의 모험을 통해 그가 얻은 많은 정보들은 중앙아시아에 대한 중국의 팽창정 책과 인도 및 서양을 향한 다방면의 교류에 결정적인 역할 을 하게 된다. 또한 말 사육으로 유명한 오손족(烏孫族)[3]을 찾아 동맹을 맺는 임무도 부여받았는데, 그들은 중국과 동맹 관계를 원치 않았고, 결국 두 번째 임무도 실패로 돌아갔다.

장건은 중앙아시아의 여러 왕국과 인도, 파르티아 제국[4]

---

1 중국 전한의 제7대 황제. 흉노를 내몰고 화남의 여러 종족을 평정, 또한 위만을 멸하고 한사군을 설치하였음(159년~B.C. 87년; 재위 141년~B.C. 87년).
2 중국 전한(前漢) 시대의 외교가. 무제 때 서방의 대월지와의 동맹을 촉진 하고자 서역으로 가다가, 도중에 흉노에게 잡혀 10여년간의 포로생활 후 목적지에 도달하였으나, 뜻을 이루지 못하고 귀국함. 동서의 교통을 열고 문화교류의 길을 튼 점에서 공적이 큼(?~B.C. 114년).
3 중국 한대(漢代)로부터 남북조(南北朝) 초기에 걸쳐 톈산(天山) 산맥 북쪽 에 있었던 유목민족. 한(漢)과 흉노의 항쟁의 틈에서 지위를 존했으나 5세 기 초에 선비(鮮卑)·유연(柔然)에 압박되어 망함.
4 서아시아에서 이란족이 세웠던 나라. 중국명은 안식(安息). 기원전 2세기 중엽에 셀레우코스 왕조의 시리아가 쇠퇴한 틈을 타서 카스피해 남동지방 에 아르사케스가 건국했음. 당시 유프라테스에서 인더스에 이르는 광대한

에 밀사로 파견되었다. 그의 외교활동은 정치적 외교통로와 더불어 장차 급속히 발달할 무역통로가 열리는 계기가 되었다.

장건이 처음 서역(西域)¹에 갔을 때 그는 중앙아시아에 비단이 없다는 사실을 발견했다. 그래서 2차 방문 때는 서역 각국의 왕에게 전할 선물 품목에 중국의 특산품인 비단을 포함시켰다. 이는 실크로드를 통해 서역에 전해진 문헌상 최초의 비단이다.

중국의 사신이 다른 나라에 파견될 때에는 흔히 금과 비단을 공물로 가져가고, 돌아올 때는 온갖 종류의 예물을 받아 왔다. 〈한서〉(漢書)² 〈서역전〉(西域傳)에는 이런 묘사가 나온다.

지역을 지배했고, 로마와의 공방을 되풀이했으나, 226년 사산왕조(Sasan 王朝) 페르시아에 멸망당함.

1 중국의 서쪽에 있는 여러 나라. 광의로는 중앙아시아·서부아시아·인도를 포함하나, 협의로는 대개 지금의 신장성 톈산남로(天山南路) 지방을 이름. 태고 이래 이란(Iran) 계통의 여러 민족이 분산하여 살고 있어, 한(漢)나라 때에는 이오(伊吾)·차사(車師) 등을 일컬어 서역 36국이라 했음. 동서 무역의 통로로서 문화적 교류의 공이 컸는데, 특히 불교를 비롯하여 마니교·경교(景敎) 등도 여기를 통하여 널리 전파되었음.

2 중국의 전한(前漢), 곧 고조에서 왕망까지 229년간의 역사를 기록한 책. 반표가 시작한 것을 후한(後漢)의 반고가 대성하고 누이동생 반소가 보수한 것. 기전체(紀傳體)로 12제기(帝紀) 8표(表) 10지(志) 70열전(列傳)으로 되었음. 모두 120권.

"오색영롱한 광채를 발하는 진주와 보석 패물류, 코뿔소의 뿔이나 왕비들이 사용하는 연작류 깃털과 같은 진귀하고 신비한 물건이 산더미처럼 쌓였고, 다양한 종류의 말들이 궁궐 문을 가득 메웠다. 또한 큰 코끼리나 사자, 그리고 타조와 같은 야생동물들이 궁 밖에서 사육되었다."

그렇게 천지사방에서 희귀한 물건들이 모여들었다.

한편 음유시인(吟遊詩人)[1]이나 곡예사들도 사절단과 동행했다. 이러한 공물의 교류가 무역교류의 길을 터주었다. 중앙아시아의 각국 사절단에는 공식 외교관과 통역관은 물론이고 상인과 봇짐장수들도 포함되어 있었다. 그러나 B.C. 1세기, 선제(宣帝)[2]시대에 들어서면 카슈미르[3] 지역에서 파견된 사절단에는 고관이 한 명도 없을 정도로 상인들이 사절단의 중심이었는데, 그들은 주로 물물교환을 목적으로 온 소상인이나 하층민들이었다.

---

1 본래는 고대 그리스의 서정시인이 각지에서 시를 영창하면서 다닌데서 비롯하여, 중세 유럽에서 연애가나 민중적 노래를 부르면서 여러 나라를 편력한 시인 음악가를 일컫는다.
2 중국 전한(前漢) 제9대 황제. 구민(救民)·권농의 정책과 지방 행정기구를 정비하고 흉노를 치는 등 큰 공을 세웠음.
3 인도 서북부, 파키스탄 동북쪽 지방. 히말라야·카라 코랄 산맥 서부의 산악지대. 모직물·견직물·수공예품이 특산이며, 남부 인더스 강 지류의 유역에서는 쌀·밀을 산출함. 인도령·파키스탄령으로 분할되어 분쟁의 씨로 남아있음.

당시 유럽에서는 아마와 양털 직물이 주요한 옷감이었다. 비단옷은 가볍고 느낌이 좋아서 인체의 아름다움을 사랑하는 그리스, 로마인들의 사랑을 받았다. 로마의 한 작가가 말하기를,

"중국인이 만든 귀중한 채색 비단은 마치 들판에 활짝 핀 한송이 아름다운 꽃과 같다. 그 섬세함은 거미줄과 견줄 수 있을 정도이다."

비단은 매우 빠른 속도로 로마제국을 휩쓸었다. 당시 로마에는 중국 비단을 전문으로 파는 시장까지 생겨났다. 귀족들은 경쟁적으로 값비싼 중국 비단을 사들였는데, 이로 인해 로마는 대량의 황금을 잃게 되었다. 어떤 사람들은 로마제국이 쇠퇴한 것은 바로 로마인들이 지나친 탐욕으로 비단과 같은 동방의 사치품을 사들였기 때문이라고도 한다.

또한 B.C. 2세기부터는 육로(陸路)를 대신해 해상로(海上路)가 비약적으로 발전하기도 했다. B.C. 1세기부터 항해사들은 계절풍(季節風)을 이용해 대양을 헤치고 다녔다. 1세기 말경 혹은 2세기 초에 쓰인 인도양 항해기록에 따르면 계절풍을 이용하여 항해로를 발견했다고 전하는데, 이 계절풍이 히팔이었을 것으로 추정된다.

중국과 로마 제국이 갖고 있던 서로에 대한 지식은 어렴풋한 상상에 지나지 않았다. 두 나라는 서로 상대국에 대해 불가사의한 나라라든가 전설 속의 나라로 생각하고 있었다.

로마인은 비단을 솜털 같은 나무의 산물이라고 생각했고, 차를 즐겨 마시는 세르인(중국인)은 200~300년까지 산다고 생각했다.

한편 중국인은 로마인을 자기들과 같은 이름인 대진국으로 부르며 자신들의 변방 정도로 생각했고, 자기들처럼 뽕나무를 재배하며 누에를 친다고 추정했다.

〈후한서(後漢書)〉 〈서역전(西域傳)〉에 의하면

"그 나라 사람들은 모두 키가 크고, 윤곽이 뚜렷한데 중국 사람과 비슷하다. 그런 이유에서 그 나라를 대진국(大秦國)이라 부르게 된 것이다."라고 했다.

그래서 중국인은, 5세기 무렵에 호탄국(중국계 투르크족의 나라)에 비단의 제조방법이 알려질 때만 해도 그것이 자기들만이 소유하고 있는 비법임을 모르고 있었다. 비단의 제조방법이 6세기경에 콘스탄티노플(Constantinople : 이스탄불의 구칭)을 거쳐, 시칠리아 섬까지 퍼진 12세기가 되었을 때에야 그들은 비로소 그 사실을 알게 되었다.

한대(漢代)의 도자기

진(秦)이 멸망하고 유방(劉邦 : 중국 한나라 고조)이 장안(長安)에 수도를 정하게 되면서 중국 역사상 가장 오래 존속한 한왕조(漢王朝)가 개국을 하게 된다. 한대(漢代)에는 중앙아시아·인도 등의 문화가 수입되고 도자 외에도 칠기·옥기·목기·죽기 등이 성행한다. 그리고 도자가 칠기보다 적게 출토되는데, 이것은 도자보다 칠기가 귀족층의 애호를 받으며 발달했기 때문이다.[1]

한대(漢代)의 도자는 유약을 바르지 않은 도기에서부터 유약을 바르고 고온에서 구워낸 자기에 가까운 석기류에 이르기까지 그 종류가 다양하다. 이 시대 도자의 중요한 점이 있다면 상(商)[2]·주(周)[3] 시대부터 시작된 유도(釉陶)가 성숙한 점과, 연유(鉛釉)가 출현한다는 것이다. 여기서 유(釉)란 일종의 석영질로 도기의 표면에 칠하고 소성하면 광채가 난다.

---

1 장연, 김호림 옮김, 중국문명대시야, 김영사, 2007. 이용욱, 중국도자사, 미진사, 1993. 이하 내용은 본책을 주교재로 삼음.
2 중국 고대 은(殷)나라의 처음 이름.
3 기원전 12세기에서 기원전 249년까지 은(殷) 나라에 의해 성립된 중국의 고대 왕조. 처음에는 은나라에 귀속된 속국이었으나 무왕(武王)이 은의 폭군 주(紂)를 몰아내고 건국함. 주는 봉건제도를 발전시켜 유사시 무력을 동원하는 강력한 무력국가를 만들었는데, 기원전 770년 유목민(서융, 西戎)의 침입을 피해 동쪽 낙양(洛陽)으로 천도때까지를 서주(西周), 그 이후를 동주(東周)라고 함.

한대(漢代) 이전의 유는 대부분 청유와 청황유 위주였는데, 한대(漢代)에 와서 다양한 색을 띠게 되며 반투명한 잡색의 유리유가 등장한다.

중국이 외국과의 교역을 인식하게 된 것은 한대(漢代)부터 였다. 물론 중국의 역사는 고대부터 근대까지 끝없는 이민족 과의 분쟁과 견제의 역사라고 볼 수 있다. 그러므로 옛날부 터 외국인이 낯선 것은 아니었고, 중국의 민족적인 자긍심이 싹트는 송대(宋代) 전까지는 수많은 이민족의 문화가 상호간 에 적지 않은 영향을 주어온 것이 사실이다.

한무제(漢武帝)는 천하를 통일하고 장건으로 하여금 서방 에 대한 대규모의 원정을 시행하게 하였는데, 그 결과 페르 시아와 그 주변 국가를 알게 되어 서아시아의 보석·산호· 유리·향료와 중국의 황금·비단을 물물교환하게 되었다.
한대의 도기가 외국에서 출토된 것으로는 인도네이사의 칼리만탄(Kalimantan)에서 한대 도접(작은 접시)이 발견되고, 반텐(Banten : 서인도네시아 만단만 부근에 있는 지명)에서 한대 의 병(甁)이 발견되었으며, 서인도네이사·말레이 반도 등에 서도 한대 도자기가 출토되었다.

한대의 용(俑)[1]은 진시대의 용(俑)에 비해 조형 기술이 섬세해지며 채색은 선명하고 강렬해진다. 한대의 대표적인 용(俑)은 강소(江蘇)[2]지방과 사천(四川)[3]지방의 것이며, 사천(四川)의 도용은 최고의 조형기술을 보여준다. 용(俑)의 종류도 다양해져서 악인(樂人) · 문인(文人) · 무인(武人) · 노예(奴隸) · 여관(女官) 등이 있으며, 악인과 무인(舞人) 등의 형태도 아주 다양하다. 즉 입상(立像) · 좌상(坐像), 악기를 부는 모습, 춤추는 모습 등이 그것이다. 인물용(人物俑)을 보면 문인과 무사 외에도 말을 탄 기사, 양을 탄 기사, 낙타를 탄 무사 등이 있다. 표현의 기술도 상당히 성숙해져 용(俑)의 성격에 따라 몸의 태도와 표정이 아주 사실적이다.

여관용(女官俑)을 보면 치마는 나팔 모양의 옷을 입고 상의는 긴 소매의 옷을 입었다. 두 손은 소매에 가리워서 정숙해보이며 얼굴 표정도 아주 우아하고 사실적으로 묘사했다. 악인(樂人)의 표현을 보면 한 손에는 북을 끌어안고 한 손에

---

1 옛날 순장(旬葬)할 때 사용된 흙이나 나무로 만든 인형(人形).
2 중국 동부 양쯔강(揚子江) 하류지역. 강소성(江蘇省)의 성도(省都)는 남경(南京)으로, 춘추전국시대에는 오(吳)나라와 초(楚)나라의 영토였으며, 청(淸) 강희(康熙)황제 때 강녕부(江寧府)와 소주부(苏州府)의 첫 글자를 따서 장쑤성(江苏省)을 설치했음.
3 중국 남서부 양쯔강 상류지역. 사천성의 성도(省都)는 청두(成都)로, 춘추전국시대에는 촉(蜀)나라의 영토였으며, 명청(明淸)대에 이르러 쓰촨성(四川省)이 되었음.

는 봉(棒)을 들어올리려 하고 있으며, 다리 하나는 살짝 위로 올라갔다. 두 귀는 세우고, 두 눈은 가볍게 감고, 입은 노래를 부르고 있어 북소리가 들리는 듯 아주 사실적이며 감동적인 형태이다. 한대(漢代)의 인물용에 이렇듯 잡기용이 많은 것으로 보아 이 시대에는 연희와 오락이 성행했음을 알 수 있다.

백희에 대해 알아본다

백희(百戲)란 온갖 연희(演戲) 곧 가면놀이·곡예·요술 따위를 이른다. 백희는 잡기·춤·무술과 관련이 많다. 물구나무서기·유술·칼춤 등은 오늘날 잡기에서 찾아 볼 수 있는 것이다. 한나라 때는 물구나무서기 외에 술동이·북·긴 막대기·수레·말의 잔등, 여러 개 겹쳐 놓은 책상 위에서 거꾸로 서는 것도 있었다. 유술(柔術)[1]은 허리와 다리를 활처럼 뒤로 젖히는 유연성의 기술인데, 오늘날에도 서커스장에서 흔히 볼 수 있다.

손으로 하는 기술도 많은데, 도환(공을 가지고 노는 것), 칼던지기, 항아리 굴리기, 접시 돌리기, 굴렁쇠 굴리기 등이다.

---

[1] '주주쓰'라고 불리는 일본의 전통적인 무술이며, 유도의 원형이다. 상대방을 메치는 기술, 타격, 무기방법 등이 있어 유도보다 실천적임.

115

오늘날 잡기 중에도 이런 것들이 보편적인데, 가령 접시를 돌리면서 여러 개의 칼·횃불·작은 공·사발·잔 등을 가지고 묘기를 보여준다.

또한 백희는 무술과 관련이 있는데, 맨손으로 싸우거나, 맨손으로 무기에 대항하거나, 서로 무기를 지니고 싸우는 것을 일러 '각저(角抵)'라고 불렀다. 맨손싸움은 양한(兩漢 : 前漢·後漢)시대에서 점점 발전해서 서진(西晉)[1]시대에 이르러 정식 이름을 갖게 되었다. 맨손싸움은 씨름과 유사한 형식을 띤다.

맨손으로 무기를 든 상대방과 겨루는 것은 '공수입백인(空手入白刃)'이라고 한다. 창·검·곤봉을 든 한 쪽이 공격 자세를 취하고, 맨손인 한쪽은 손바닥을 내보이면서 걸음을 멈추고 수비 자세를 취한다. 양쪽이 모두 무기를 들고 겨루는 것은 한(漢)나라 때의 각저(角抵) 그림에서 가장 흔한 것이다. 이는 한나라 때 무력을 숭상한 것과 관련이 있다. 무기에는 갖가지 종류의 길고 짧은 병기 및 방어 무기가 포함된다. 예

---

1 진(晉)나라의 무제(武帝)부터 민제(愍帝)까지(265~316) 52년간의 국호. 사마염(司馬炎)은 서진을 건국한 초대황제로, 그의 조부는 제갈량과 결전을 벌이고 노년에 정권을 잡은 사마의(司馬懿)이며, 백부는 사마사(司馬師), 아버지는 사마소(司馬昭)이다. 훗날 사마예(司馬睿)가 세운 동진(東晉)과 구별하기 위해 사마염의 진을 서진(西晉)이라 부름.

를 들어 칼·검·창·몽둥이·방패·갈고리 등이 있으며, 그
중에서 검이 비교적 많았다.

한나라 때 백희를 그린 그림에는 대부분 악기 연주와 각
종 춤, 광대의 연극 등이 표현되어 있다. 한나라 때는 반고
춤·건고춤·수건춤·소매춤 등이 유행했다. 그 외에 남녀
가 한 쌍이 되어 추는 춤이 있었다. 남자 배우는 키가 작고
뚱뚱하고 못생겼는데, 춤동작이 과장되고 표현이 해학적이
다. 여자 배우는 몸매가 날씬하고 춤사위가 우아하다. 둘의
선명한 대비는 해학(諧謔)과 신선함을 준다.

또한 상인 놀이라는 것도 있었는데, 이는 사람이 길들이
기 어려운 맹수나 존재하지 않는 동물과 신선을 연기하는
것인데, 이런 배우들을 가리켜 '상인'이라고 불렀다. 상인놀
이는 초기 가무(歌舞)의 맹아(萌芽 ; 시초)로 후세의 희극에 깊
은 영향을 주기도 했다. 한나라 백희의 배경은 다음과 같다.

진(秦)[1] 왕조로 국가가 통일되고 영토가 점차 확대되자
진 왕조는 통치체재 정비 외에 예술 쪽에도 관심을 기울였
다. 시황제는 지방을 정복하러 다니는 동시에 각지에 있는

---

1 원래는 주대(周代)의 제후국(諸侯國)의 하나였으나, 진시황(秦始皇)이 중
  국 천하를 통일하고 진(秦)나라를 세움(B.C. 221~206).

예능인들을 찾아 그들의 기예를 마음껏 향유했다.

백희가 진정으로 흥성하게 된 것은 전한(前漢)의 무제(武帝) 시기다. 무제는 악부(樂府)를 설립했는데, 이는 춤과 노래·음악을 전문적으로 통괄하는 부서다. 문제(文帝)와 경제(景帝)의 통치를 거치며 한나라의 사회·경제는 눈에 띄게 발전했으며, 국력은 비약적으로 성장했다.

이는 자연히 문화 발전의 토대를 제공했고, 백희의 성행에 물질적 기초를 마련해 주기도 하였다. 백희는 당시 연회장에서 빠질 수 없는 놀이가 되었다.

보통 사람들의 집에서도 손님이 오면 광대를 불러 신기한 재주를 펼치게 했다. 심지어 장례를 치르는 사람이 "노래하고 춤추는 배우를 재촉하여 연신 웃으며 음악을 연주하고 춤을 추게"하였다.

실크로드는 동서 문명의 교류를 촉진했고, 서역의 잡기와 마술들은 중국으로 흘러들어왔다. 이에따라 백희는 그 내용이 한층 풍부해졌고, 서역과 중국의 문화가 결합하여 낡은 것을 버리고 새롭게 변모함으로써 표현이 훨씬 풍부하고 다채로워졌다.

또한 백희는 한나라 황제에 의해 외교무대로 옮겨져 관청의 곳간이나 재물과 비단처럼 외국 사신에게 국력을 자랑하는 중요한 밑천이 되기도 하였다.

  백희에 대해 처음 알았을 때에는, 백희가 그저 옛 역사 속의 '놀이' 형태라고만 생각했다. 하지만 백희는 수천년이라는 세월이 흐른 지금에도 그 역사가 계속되고 있었다. 마술·연극·경극·서커스 등 대부분의 공연들이 갑자기 독자적으로 형성된 것이 아니라 옛부터 면면히 계보(系譜)되어 발전되고 있었던 것이다. 춤추는 채색도기 인형이나 악기를 치며 노래하는 인형을 직접 보면서 고대의 '백희'를 보는듯한 생동감을 간접적으로 느낄 수 있었다.

  이번에는 당삼채(唐三彩)[1]에 대해서 알아보기로 하자.

  당대(唐代)에 들어오면서는 한국·일본·필리핀·인도네시아·아프리카·이집트의 포스타트(Fostat) 등지로 도자(陶瓷)가 수출된다. 포스타트 유지는 당대의 월요계 청자와 북방의 백자가 다량 출토된 지점이며, 페르시아만까지 수출되었는

---

1 중국 당(唐)나라 전기(7세기 말~8세기 초)에 만들어진 백색 바탕에 녹색·갈색·남색 등의 유약으로 여러 무늬를 묘사한 도기. 대체로 백색·녹색·갈색의 3색으로 배합된 것이 많아 삼채(三彩)라는 이름이 붙었다. 8세기 초 당나라 수도인 장안(長安: 현재의 西安)과 뤄양(洛陽) 부근에서 가장 많이 제작된 것으로서, 당시의 귀족들간에는 후장(厚葬)의 풍습이 유행하여 묘의 껴묻거리(副葬品)로 만들어졌다. 이는 19세기 말 뤄양(洛陽) 부근의 철도공사 때 유물이 대량으로 출토되어 세상에 알려지게 됨.

데, 시라프(Siraf : 페르시아만 서북안) 유지 9세기 전반 문화층에서 아랍문자가 음각된 중국계 갈색 사이호가 출토된 것이 그 예다. 또 호남장사요(湖南長沙窯) 기물에는 서방 풍격의 장식 도안이 보이는데, 이것은 당시 서방인의 기호에 맞게 제작된 것으로 보인다.

당삼채의 예술적 기풍은 일반 도자기와는 전혀 달라서 여러 면에서 독특한 특징을 보이고 있다. 당삼채는 크게 네 종류로 나뉜다. 생활용품, 인물과 동물, 모형, 건축장식 등이다.

생활용품에는 병 · 봉수호 · 쌍용병호 · 주호 · 사발 등이 있다. 어떤 기물은 외래 문화의 영향을 보이기도 하는데, 가령 봉수호 같은 것은 서아시아 일대에서 유행한 페르시아 사산 왕조(Sasan 王朝)[1]의 금은 기물의 형태를 본떠 만든 것이다.

인물과 동물 기물로는 무사 · 의장용 · 기마용 · 호용 · 말 · 낙타 · 진묘수(무덤을 지키는 동물) 등이 있으며, 주로 부장품으로 만들어졌다. 당삼채의 인물화는 매우 섬세해서 생동감이 넘치고, 동물화는 윤곽이 뚜렷하고 명쾌한데, 특히 말과

---

1 226년부터 651년까지 페르시아를 지배하던 왕조. 아르다시르 1세가 파르티아 왕조를 넘어뜨리고 세웠으며, 조로아스터교를 국교로, 신권에 의한 전제 정치가 행해지고 독특한 문화가 번성하였던 왕조. 호스로 1세 때 동로마 제국과 싸워 판도를 넓히며 전성기를 이루다가 사라센 제국에 의해 멸망하였다.(사산 왕조=사산 왕조 페르시아=사산조)

낙타의 조형미가 뛰어나다.

모형으로는 가옥·정원, 산과 연못 등의 모형이 있는데, 이 역시 대부분 부장품으로 사용되었다. 건축 장식은 주로 용머리 장식으로서 목조 건물에 효과적으로 사용되었다.

당삼채는 현란하고 농염한 채색유로 승부를 건다. 아울러 꽃을 새기는 각화(刻花), 꽃을 붙이는 첩화(貼花), 반죽해서 만드는 날소 등 전통적인 기법을 채용해서 갖가지 꽃무늬를 만들어낸 뒤, 그 위에 상응하는 색깔의 유약을 칠하는데, 그 야말로 금상첨화라고 할 수 있다.

당삼채는 중국 고대 도자예술(陶瓷藝術) 가운데 매우 중요한 것으로서 대대로 세상 사람들의 애호를 받아왔다. 당삼채는 조형 장식 공예기법 등 모든 면에서 중국 도자예술을 대표하고 있다. 오늘날에도 끊임없이 사랑받고 있는 도자기가 바로 이 당삼채이다.

당삼채는 당나라 연유도기(鉛釉陶器)의 통칭으로 도자기 표면에 주로 빨강색·녹색·흰색의 유약을 바른 것이 많았으며, 당나라의 무덤에서 출토되었기 때문에 '당삼채(唐三彩)'라고 불리게 되었다.

당삼채는 많은 중국 도자기의 역사를 거쳐서 탄생한 '걸작

(傑作)'이다. 일찍이 기원전 3천~2천여 년전 상주(商周)[1]시대의 원시청자에서부터 시작되어 전한(前漢)시대에는 자기와 시유도기(施釉陶器) 제작기술이 발전했다. 후한(後漢 기원전 25 ~220년) 대에는 짙은 녹색·옅은 녹색·밤색·황토색 등 네 종류의 단색의 시유도기로 발전되었고, 종류로는 일상용품, 정자와 누각 등으로 다양해져갔다. 화학 기술에 대한 이해와 응용이 점점 높은 수준에 이르고 있음을 알 수 있다.

당삼채는 대략 당나라 고종 시기(650~684년)에 출현했으며, 그 발전 속도가 매우 빨라서 무측천(武則天)[2] 시대에 벌써 삼채 유약을 사용한 인형이 나타났고, 중종·예종·현종의 개원 시기에 이르러 전성기를 구가했다.

당삼채는 세상 사람들에게 크게 환영받았다. 당나라 고종 이후 귀족이든 서민이든 모두 이 도자기를 부장품으로 삼았는데, 오늘날에도 시안·뤄양·양저우 등지에서 대량의 당

---

1 은상(殷商)·은대(殷代)·주대(周代)를 가리킴. 상주(商周) 시기에 청동금속 공구의 대량 사용은 생산력의 커다란 발전을 가져왔고, 중국 고문명사(古文明史)는 여기에서 발단이 되었다. 중국 무술 역시 이 시기에 원시형태의 무술로부터 점차 일종의 문화 형태로 발전되었다.

2 중국에서 여성으로는 유일하게 황제(皇帝)가 되었던 인물로 무후(武后)·무측천(武則天)·측천후(則天后)·측천제(則天帝)·측천여제(則天女帝)·측천여왕(則天女王) 등으로 불림(624~705년). 당(唐) 고종의 황후였지만 690년 국호를 주(周)로 고치고 스스로 황제가 되어 15년 동안 중극을 통치하였다.

삼채가 출토되곤 한다. 산시성 첸현에 있는 당나라의 의덕태
자 이중윤의 무덤에서 168점의 당삼채가 발굴된 적이 있고,
뤄양에서는 당삼채가 너무 많이 출토되어서 '뤄양 당삼채'라
고 따로 분류할 정도이다. 이 밖에도 삼채 도자기는 당나라
가 수출한 주요 도자기 가운데 하나여서 해상 교통로와 실
크로드 인근 여러 나라에서 당삼채 도자기가 발견되었다.

당삼채(唐三彩)의 출현에는 깊은 역사적 배경이 있다. 당대
(唐代)는 중국 중세의 전성기로서 국가통일, 민족융합, 사회
안정이 경제번영을 촉진시켜 당시의 중국을 세계 선진국가
의 대열에 오르게 하였다. 동시에 당왕조는 대외 개방정책을
실행하였기 때문에 대외 무역관계와 문화 교류를 촉진하는
데 도움이 되었으며, 이러한 과정 아래 당삼채가 탄생하게
되었다.

당삼채의 출현은 당시의 통치계급의 사치스러운 생활 및
매장 풍습과 관계가 있었다. 황제의 친인척, 고관, 부유한
상인들은 죽은 뒤에도 생전에 갖고 있었던 문관·시종·무
사·악사·무희·가수·기생 및 동물과 생활용품 등이 포함
된 모든 것을 삼채도기(三彩陶器)로 만들어서 부장품으로 순
장(殉葬)함으로써 자기의 권위를 나타내고자 하였다.

또한 도자공예업(陶瓷工藝業)의 번영 또한 당삼채의 성행에 기술적·물질적 조건을 제공하였다. 당나라 때 자기(瓷器)를 만든 지역은 매우 광범위하였다. 그리고 이 시기에 생산된 공예 제작기술 또한 이미 성숙하여 정선되고 양호한 원료를 선택하고 배합하는 방식이 과학적이어서 태토(胎土)의 특질에 따라 알맞은 유약을 배합할 수 있는 수준에 이르렀고, 품격이 각기 다른 도자 제품을 구워냈다. 이러한 사회 문화적·기술적 배경 하에 당삼채는 그 줄기를 펴갔다.

당삼채의 종류는 다양하고 내용이 풍부하다. 이는 당시 문화의 모든 면을 포함한 것이라 할 수 있다. 당삼채는 생동감있게 만들어졌으며 형식도 다양하다. 삼채 장인들은 당삼채 특유의 장식예술(裝飾藝術) 언어와 조형예술(造形藝術) 언어를 통해 뚜렷하고 생동감 있는 예술 형상을 사람들의 시각에 반영하여 한없는 아름다움을 주었으며, 또 연상하도록 하였다.

또한 당삼채는 정취 있는 문양장식, 다양한 장식수법, 독특한 품격의 조형, 도소와 회화의 유기적 결합이 눈에 띈다.

혹자는 역사에 대해서 이렇게 평가한다. 정치사와 사건사 같은 역사의 거대한 줄기는 하상의 역사이고, 생활사·사회·경제사가 실제 역사라고 한다. 정치사같은 것은 겉으로 드러난 표면적인 것이고, 그 심층적인 것에는 생활사·사회사가 있다는 것이다.

나는 도자기를 감상하면서 역사를 공부할 수 있는 기회를 갖게 된 것을 뜻깊게 생각한다. 평소에는 거시적인 역사를 다룬 책을 주로 읽는다. 하지만 내가 직접 도자기를 감상하고 탐구하면서 실제 그 시대 사람들의 생각과 사고가 반영되어 있는 미시적인 역사에 대해 더 잘 알게 되었다. 도자기에는 그 시대 사람들의 생활상·사회상·경제상이 녹아들어 있어서, 나는 도자기들을 보면서 조금이나마 내 영혼과 옛 선인들의 영혼이 교감되는 쾌감을 맛보았다. 이러한 공부가 진정한 의미의 역사공부라는 생각이 들었다.

당시 황제의 측근·문관·시종·악사, 부유한 상인들은 다수의 평민들과는 다른 무언가를 하고 싶었을 것이다. 하지만 그들도 인간이었고 죽음의 순간을 맞이할 수밖에 없었다. 하지만 그들은 남들과 다른 특권의식에 대한 열망을 계속 가지고 있었다. 그들에게 있어 사후세계(死後世界)는 현실의 연속선상에 있는 것이었고, 그들은 사후세계에서도 특권을 누리고 싶어했다. 부여(夫餘)[1]의 순장, 진시황의 병마용갱(兵

---

1 기원전 1세기부터 약 300년 가량 존속하였던 나라. 부여족이 만주에 세운

馬涌坑)[1] 등도 이와 같은 연유에서 나타나는 문화적 현상이 었을 것이다. 따라서 그들은 '당삼채'라는 도자기와 함께 저 승길을 같이했다.

당대는 대외무역이 활발해짐에 따라 동전의 사용량이 증 가하여 이전에 애용되었던 동기(銅器)의 사용을 금지했다. 이러한 사회현상의 변화로 동기가 자기로 대체되었으며, 이 에 따라 자기에 대한 수요가 증가되었고 자연히 자기에 대 한 관심과 심미안(審美眼)이 높아졌다.

백자와 청자가 거의 완벽한 상태에 도달하게 되는데, 남 방(南方)은 청자를, 북방(北方)은 백자를 주로 생산하여 남청 북백(南靑北白)의 시대로 불린다. 당삼채는 3가지 이상의 색

것으로, 지금의 창춘(長春)의 북방인 숭안현의 부근을 중심으로 하였는데, 북부여라고도 함. 국력이 차차 강하게 되어 중부 만주의 평지를 영유, 농 경생활을 하였으며, 중국으로부터 철기문명을 수입하고 은력(殷曆)을 사 용하는 한편, 궁궐·성책·창고·감옥 등 진보된 제도와 조직을 가져 당 시의 동이(東夷)라고 부르던 나라 중에서 가장 진보된 나라였음. 뒤에 동 부여가 잘려나감. 346년 연왕(燕王) 모용황에게 멸망당해, 국토는 고구려 의 판도가 됨.
1 서안(西安)의 중국 산시성(陝西省) 린퉁현에 있는 진시황제(秦始皇帝)의 황릉 동쪽 담에서 1km 가량 떨어진 유적지로 흙을 구워 만든 수많은 병 사, 말 등의 모형을 수장한 지하 갱도. 황릉의 건설에 동원된 백성의 수는 72만명으로 38년에 걸쳐 축조되었으며, 황제의 무덤은 실제의 도읍을 그 대로 모방하여 축소시킨 형태로 만들어졌으며 규모 또한 어머어마하다. 1974년 농민이 우물을 파다가 우연히 발견(1호갱)하여 2000년 7호갱이 발 굴되었고, 현재에도 계속 발굴이 진행 중임.

이 있는 도자로 저온에서 소성(塑性)하였고, 녹색·남색·황색·백색·적색·갈색 등의 유색을 사용하였다.

이것은 당시대에 출현한 특수한 풍격으로 일반 용기와 명기가 있으나, 주로 순장용의 명기로 제작되었다, 당삼채는 당대 초기부터 시작되어 당현종(唐玄宗) 시기에 와서 절정을 이룬다.

당대의 사회풍토는 사치스럽고 화려한 것을 추구하였다. 따라서 순장용(殉葬用)의 명기도 화려함을 원하게 되었고 이러한 요소들이 당삼채의 출현을 가능하게 하였다.

당현종 시기에는 사치가 절정에 달하여 명기가 왕족이나 귀족 이외에 서민들에게까지 성행하였으므로 다양한 명기가 제작되었다. 그러나 안녹산(安祿山)의 난 이후 이런 풍습은 퇴조하였고, 당삼채도 줄어드는 현상을 보인다.

당삼채(唐三彩)의 출토 지점은 대부분 낙양의 북망산, 서안 지역, 강소의 양주 등 세 곳으로 시유방법이나 풍격은 각기 다르다. 이것으로 보아 제작된 지역이 모두 다를 것이라 추

---

1 중국 당(唐)나라 때 반란을 일으킨 무장(武將, 703~757년). 변경의 방비에 번장이 중용되는 시류를 타고 급속히 당 현종의 신임을 얻었다. 황태자와 양국충(楊國忠, 양귀비의 6촌오빠)이 현종과의 이간을 꾀하자 양국충을 제거한다는 명목으로 755년에 반기를 일으켰으나 결국 실패함. 후에 뤄양(洛陽)에서 대연황제(大燕皇帝)라 칭하였으나, 둘째 아들 경서(慶緖)에게 피살되었음.

정되나, 생산지역에 관한 기록은 현재까지 확실하지 않다. 출토지점이나 그 부근에서는 요장(窯藏)이 전혀 발견되지 않았고, 다만 생산지역으로 추정되는 하남 공현 소황야촌, 철장로촌, 백하향 등에서 당삼채의 요가 발견되었다.

하남의 공현요는 주로 백자를 생산하던 곳으로 삼채도자도 같이 제작된 것으로 보이며, 출토된 기물로 볼 때 당초부터 현종 시기까지 꾸준히 제작된 것으로 보인다.

또한 공현요에서 제작된 삼채가 낙양 등지로 운송된 것으로 보이는데, 낙양에서 출토된 많은 삼채기물이 그 증거를 뒷받침해준다.

당삼채(唐三彩)의 특색을 심미적(審美的)인 관점에서 본다면 우선은 아름다운 유색과 다양한 양식의 조형성에 있다고 할 수 있다. 당삼채의 유(釉) 연량(납성분)이 아주 높은 부드러운 유리유가 함유되어 있어 광택이 아주 높다. 연유는 자연에서 쉽게 얻을 수 있는 용제(熔劑)로, 외력을 가한 후에 표면을 견고하게 해주고 이러한 소성시 팽창계수를 낮게 할 수 있다. 그러므로 상대적으로 유색의 신장량을 증가시킨다. 또한 성숙화도의 범위가 무연유보다 넓다.

색유의 배합을 보면 남색을 원하면 약 성분을 100으로 했을 때 그중 3% 정도의 코발트를, 황색을 원하면 철을 가미하였고, 3%의 동을 가미하면 녹색을 얻는다. 산화철을 6% 정도 넣으면 다색이나 짙은 커피색이 출현하고 철의 함량이 계속 증가하면 흑색의 반점이 나타난다. 이렇듯 색채는 상당히 깊은 연구 결과로 실현되었으며, 따라서 그 색상이 다양하고 감동적이다.

본래 당삼채(唐三彩)는 삼채의 출현을 기대한 것은 아니며 다양한 유색이 목적이었다. 발굴된 기물로 보면 2차 소성(塑性)을 했는데, 1차 소성은 1000도 이상에서, 2차는 연유를 입혀 저온에서 소성하였다.

당삼채(唐三彩)의 조형을 보면 기물·인물·동물을 위시해서 인간이 생활하는 데 필요한 모든 것이 제작되었다. 인물용의 종류를 보면 천신·귀신·문관·무관·시녀·마부·부부·가족·호인 등이다. 제작 방법은 전체 크기를 분할하여 제작한 후 연결시켜 완성하였고 모형을 만들어 사용하였다. 인물의 표정은 매우 사실적이고 섬세하며 의복은 아주 화려해서 당시의 풍습을 느낄 수 있다.

동물은 말·돼지·소·양·낙타·개·닭·오리 등이며, 기물로는 병·관·호·배·발·촛대·침 등이다. 그 외에 가구·정원 등 그 종류가 다양하다. 특히 인물용 중에는 낙타를 탄 모습이 있는데, 이것은 당시 서역과의 무역이 활발해지면서 상인들의 왕래가 빈번하였던 사회상을 반영해준다.

당삼채(唐三彩)는 신라 경덕왕 때 전입된 것으로 추정된다.

당삼채(唐三彩)는 한국과 일본으로 전입(轉入)되었으니, 출토된 기물들이 이것을 증명한다. 1973년 경주시 조양동 산 제20번지 화강암 석실에서 당삼채 삼족관이 출토되었다. 이것은 출토 당시 화장골(火葬骨) 용이었으며, 한 쪽 다리 부분이 조금 파손되었으나 보존 상태는 아주 양호하였다. 이 삼족관의 기형과 사유방법은 아주 유사하다.

중국에서 출토된 삼족관은 기신의 어깨 부분에 백색의 큰 반점이 나타나 있고, 둘레는 기타 유색으로 되어 있다. 또한 백유반점 중앙에 다른 색을 시유한 것도 있다.

경주에서 출토된 삼족관도 어깨 부분에 백색의 반점이 있으며, 조형도 같다. 하남 공현요지에서 발굴된 당삼채 삼족관과도 동일한 방법으로 서로 밀접한 관계가 있는 것으로 보인다.

당삼채가 한국에 전입된 경로는 여러 가지 주장이 있으나 삼국사기(三國史記)[1] 경덕왕(景德王) 본기 기록을 보면, 경덕왕 당시 당과 교류가 친밀하여 사절단을 십여 차례 이상

---

1 고려시대 김부식(金富軾) 등이 기전체(紀傳體)로 편찬한 삼국의 역사서.

파견하였다고 되어있는 바, 이들이 돌아올 때 휴대하고 온 것으로 추정된다. 즉 당시 당에서 유행했던 순장용의 당삼채 명기(明器)를 가지고 돌아와 순장 때 사용했던 것으로 보인다.

송원대(宋元代) 도자기

다음으로는 송원대(宋元代) 도자기에 대해서 알아보았다. 송(宋)과 원대(元代)는 도자기업의 황금시대로서 당시 만들어진 도자기는 줄곧 후세의 관심을 끌어왔다. 명(明)·청(淸)대 이래의 골동학자들은 송(宋)·원대(元代)의 도자기를 소장·정리하는 과정에서 송나라 도자기를 정(定)·여(汝)·관(官)·가(哥)·균(鈞)으로 분류했다. 이 5대 유명 도자기는 고대 도자기의 소장 범위와 소장 기준에 대한 당시의 인식이라고 할 수 있다.

도자기 관련 고고학이 발전하면서 사람들은 이 5대 유명 도자기의 분류법이 별로 합리적이지 않다는 걸 발견했다. 예술적 기풍이 독특하고 공예 기술면에서도 나름대로 특색을 갖춘 도요들이 있었으니, 예컨대 룽취안요, 징더전요, 건요, 길주요 등 이루 열거할 수 없을 정도이다.

오늘날 중국 내 19개 성의 170여개 현과 시에서 송(宋), 원대(元代)의 도자기 유적지가 발견되었다. 기술적인 관점에서 살펴보면, 기본적으로 친링-화이어를 경계로 남과 북으로 나뉜다.

북쪽의 도요지는 구조적으로 반원형(半圓型)을 이루면서 평지에 옹기종기 솟았기 때문에 만두요라고 한다. 북송(北宋)[1] 중기부터 등장했으며 석탄을 연료로 사용했다.

남쪽의 도요지는 일반적으로 산에 의지하여 건설했는데, 기본적으로 홈을 파고 형태가 비교적 길었기 때문에 용요(龍窯)라고 부른다. 남쪽은 목재가 풍부해 대개 나무를 연료로 썼다.

남북(南北)은 도요지의 구조가 다른 만큼 연료도 달랐으니, 이는 자연히 도자기의 제조기술에도 영향을 미쳤다.

북쪽의 도요지는 공예 기술과 예술의 기풍에 따라 크게 세 지역으로 분류할 수 있다. 바로 기중진중 지구, 예북기남 진동남 지구, 예서관섬 지구이다.

남쪽은 도자기 공예의 특징에 따라 감동북 및 환남 지구, 절강 지구와 민북 지구로 나뉜다(이상은 중국 성도의 약칭). 이밖에도 남송과 북송의 도읍지였던 변경 · 임안 지구가 있다.

---

1 중국에서 960년에 조광윤(趙匡胤)이 카이펑(開封)에 도읍하여 세운 나라. 1126년에 금(金)의 침입을 받아 '정강의 변'으로 서울을 강남(江南)의 임안(臨按)으로 옮길 때까지를 이름.

이들 지역에서는 저마다 독특한 발명과 창조가 이루어 졌는데, 이는 송·원대의 도자기 공예가 이룬 탁월한 성과이다.

오대(五代)[1]의 혼란했던 정치상황은 960년 후주(後周)의 장군이던 조광윤에 의해 통일되며 송(宋)이 건설된다. 그러나 끊임없는 북방족(여진, 거란)의 침입으로 양자강 이남으로 밀려나게 되는데, 밀려나기 이전을 북송(北宋: 960~1127년), 그 이후를 남송(南宋: 1127~1279년)이라 부른다.

송(宋)은 정치적으로는 끝없이 북방족을 견제하는 상황이었음에도 불구하고 문화·예술 방면을 상당한 수준으로 끌어올렸다. 육조(六朝)[2]이래 성행했던 외래문화(아라비아·페르시아·인도 등)에 대한 비판이 사대부(士大夫)들을 중심으로 시작되었으며, 이에 따라 민족주의(民族主義)에 대한 자각이 생기기 시작하였다. 이러한 영향으로 이전 시대보다 풍격(風格)에서 현저한 차이를 보이고 있으니, 도자기도 이전의 화려함에서 고결하고 단순하며 침착한 분위기로 변화된다.

또한 송대(宋代)의 도자는 유색이나 기형이 다양하게 출현

---

1 당말(唐末)에서 송초(宋初) 사이(907~960년)에 흥망한 후량(後梁)·후당(後唐)·후진(後晉)·후한(後漢)·후주(後周)를 가리킴.
2 후한(後漢) 멸망 이후 수(隋) 통일 이전까지 지금의 남경(南京)에 도읍한 왕조. 오(吳)·동진(東晉)·송(宋)·제(齊)·양(梁)·진(陳)을 가리킴.

한다. 주요 요지로는 당대(唐代)의 형요의 영향을 받은 정요는 독특하고 단아한 품격의 북방백자(北方白瓷)를 생산하여 유명하였고, 요주요·균요·여요에서는 우아하고 고결한 분위기의 북방청자(北方靑瓷)를 생산하여 당대(唐代)의 남청북백(南靑北白)의 시대를 종식하였다.

또한 월주요의 전통을 바탕으로 한 용천요는 남방청자(南方靑瓷)를 대표하였으며, 강서의 경덕진요는 영청이라는 아름다운 청백자를 창출하였다. 자주요는 서민적 풍격의 흑, 백의 조화로운 건요와 강서의 길주요라는, 주로 흑유자를 생산하였다.

이렇듯 송대(宋代)는 각 요지의 활동이 활발하고 중국적이며 선비적인 풍모를 근본으로 각기 그 특색을 자랑하면서 다양하고 화려한 자기시대를 열게 된다.

중국 도자는 당시대(唐時代)에 이미 상당수가 국외로 유출되었고 송대(宋代) 이래 자기의 수출이 증대되었다. 아주(亞洲)의 동부·남부·서부와 아프리카의 동해안 국가에서 송대 자기가 발견되고 있다. 당시대(唐時代)에는 시장에서 매매되었는데, 이것이 송대 자기업의 흥성에 큰 영향을 주었던 것이 사실이다. 중국의 도자는 일상 용기의 시작으로 다양한 종류를 제작했으며 당대의 수도였던 장안(長安)은 국제적인 시장이었다.

송대, 특히 남송대(南宋代)에는 정치적인 어려움 때문에 더욱 해외 무역을 중시하였고 물건값으로 비단·자기(瓷器) 등이 지불되었다. 당시 부자들은 그림·자기·비단 등을 사서 축적해 이익을 남기기도 하고, 동남아·아프리카 등지에 활발한 수출활동을 벌였다고 한다.

송대(宋代)에는 해외 무역을 중시하여 무역기구를 설립하였으며, 동남 해안의 광주·명주·항주·천주 등에 시박사(市舶司)[1]를 설립하였는데, 971년에 광주를 시작으로 명주·항주·천주 등에 1087년까지 설립하였다는 기록이 있고, 시박사를 설치한 외에 특사를 해외로 파견하여 무역에 주력하였다.

또한 조선업(造船業)도 상당히 발전하여 수운사업(輸運事業)이 발전되었다. 북송시대에는 남해 연안의 복건지역, 광동지역에서 민간용 선박을 제조하였다. 남송시대로 오면서 송왕조는 경제적인 기반을 얻기 위해 해외무역을 적극 권장하였고, 시박사의 설치로 인해 활발할 무역이 시작되었다. 아라비아 상인들을 통해 외국의 향료·유리·크리스탈·상아 등

---

1 중국에서 해상무역 관계의 사무를 담당한 관청. 무역세의 징수, 무역품 판매허가증의 교부, 번박(番舶)의 송영(送迎) 등을 맡음.

이 수입되었고, 비단·도자기 등이 주요 수출품이었다. 이런 수출에 힘입어 대량의 도자기가 제작되었고 번영의 시기에 중요한 역할을 하게 되었다. 이 시대의 자기는 한국·일본· 파키스탄·말레이시아·필리핀·아프리카 동해안 등지에서 출토되고 있다.

원대(元代)는 몽고족이 약 1세기 동안 중국대륙을 통치하는데, 정치적으로는 한족(漢族)을 높게 대우하지 않았지만 그들의 문화가 협소함을 인식하여 거부감 없이 한족의 문화를 수용하면서 독특한 문화를 이룬다. 특히 기술방면을 숭상시하여 공업(工業)이 장려되었고 요업(窯業)도 이에 편승하여 대량화된다.

송대(宋代)에 경덕진에서 시작되어 성행했던 청백자는 원대에 와서 종결되는데, 원대(元代)의 청백자는 백색이 더욱 확실해지며 원청화(元靑花) 출현의 단단한 밑거름이 된다. 또한 동(구리) 착색물에 의한 홍색 문양의 유리홍이 같이 시도되면서 고온의 유하채기의 새로운 시대를 열게 된다.

원대(元代)는 천주 등에 시박사를 설치하고 전대(前代)보다 더욱 활발한 해외무역을 실시하였으며, 민간의 무역은 금하였으나 법적인 규제는 하지 않았으므로 민간에서도 활발한 무역이 성행하였다. 이런 추세에 따라 요업도 크고 대량화되면서 해외로 수출되었다.

원대(元代)로 오면서 송대(宋代)보다 자기의 수량과 기술의 혁신이 있었다. 또한 경덕진에서 제작된 청화(靑花)는 특히 유명하였고, 이집트·중동지역·모로코 등지에서 발견된다.

열두띠 토기(土器)

그리고 열두띠 토기에 대해서도 알아보았다.

열두띠는 하나의 문화로서 중국인과 한국인의 생활에 깊이 배어 있다. 사람들은 누군가를 만나서 상대방의 나이를 물을 때 무슨 띠인지도 함께 묻는다. 띠는 출생한 해와 상응하는 동물을 말한다. 띠를 뜻하는 한자 '생초(生肖)'에서 생(生)은 출생을 가리키고, 초(肖)는 흡사하다는 뜻이다.

고대에는 지지(地支)를 채용해서 시간을 기록했다. 이는 육십갑자(六十甲子)의 아래 단위를 이루는 요소로, 자(子), 축(丑), 인(寅), 묘(卯), 진(辰), 사(巳), 오(午), 미(未), 신(申), 유(酉), 술(戌), 해(亥)의 열두 자로 하루의 12시진을 표시했다. 예를 들면 "반야자시" "황혼술시" 등과 같은 것이다.

그 다음 천간(天干)인 갑(甲), 을(乙), 병(丙), 정(丁), 무(戊), 기(己), 경(庚), 신(辛), 임(壬), 계(癸)의 열 자를 지지(地支)와

배합해서 연도를 표시했으니, 예를 들면 갑자년·병술년 등이 그것이다. 천간과 지지는 순서에 따라 배합하며 60년에 한 번씩 순환한다.

예컨대 신해혁명(辛亥革命)[1]은 청나라 선통 3년(1911년)에 일어났는데, 이 해가 신해년이었다. 이보다 60년 전인 청나라 함풍 원년(1851년) 및 신해혁명 60주년이 되는 1971년 역시 신해년이다. 이처럼 60년이 끊임없이 순환하기 때문에 60년마다 간지(干支)의 순서와 이름이 완전히 일치하는 것이다.

12지지(地支)를 열두 동물과 대응시켜 해를 기록하는 데 쓰였는데, 그 기원이 아주 오래되어 한나라 때부터 벌써 명확한 기록이 있다. 12지지와 열두 동물의 대응관계는 각각 자는 쥐, 축은 소, 인은 범, 묘는 토끼, 진은 용, 사는 뱀, 오는 말, 미는 양, 신은 원숭이, 유는 닭, 술은 개, 해는 돼지이다.

중국 서북부의 소수민족은 장기간의 유목생활을 통해 갖가지 동물을 자주 접했으며, 이로 인해 일찍부터 동물로서 연도와 시간을 기록했다.

---

1 중국 청나라의 선통 2년(1911년) 우창(武昌)을 중심으로 일어난 중국 최초의 민주혁명으로써 청나라는 망하고, 이듬해 2월에 중화민국 임시정부가 수립되어, 쑨원(孫文 ; 손문)이 임시 대총통에 취임하고 공화체제를 선언하였으나, 세력을 떨치지 못하고 후에 위안스카이(袁世凱 ; 원세개)가 총통직을 이어 받음.

일부 소수민족은 열두 짐승의 기년법(紀年法)을 채용하고 있다. 윈난·쓰촨·구이저우의 이족에게는 한족과 완전히 일치하는 열두 짐승이 존재한다. 웨이우얼족은 물고기로 용을 대신했고, 리족은 닭을 벌레로 바꾸었지만, 나머지 짐승의 명칭은 모두 한족과 동일하다. 몽골족은 호랑이 해, 쥐 해 등으로 해를 기록했다.

다른 나라에서도 열두 짐승으로 해를 기록하는데, 다만 일부 동물이 다를 뿐이다. 인도의 고대 서적에 기록된 전설에 의하면, 인도에는 열두 명의 신장(神將)이 서로 다른 동물을 거느렸다고 한다. 그리스의 열두 동물은 소·산양·사자·나귀·게·뱀·개·쥐·악어·홍학·원숭이·매이다. 이집트는 그리스와 기본적으로 같은데, 다만 쥐를 고양이로 바꿨을 뿐이다.

고대 바빌로니아에는 고양이·개·뱀·버마재비·나귀·사자·수양·수소·송골매·원숭이·홍학·악어 등 열두 동물로 기일을 삼았다.

띠는 역사가 유구한 민속 문화이다. 고대 〈주역〉의 팔괘(八卦)¹에 다음과 같은 내용이 나온다. 건(乾)은 말, 곤(坤)은

---

1 주역(周易)에 나오는 건(乾)·태(兌)·이(離)·진(震)·손(巽)·감(坎)·간(艮)·곤(坤)의 여덟가지 괘를 말한다. 괘(卦)는 걸어 놓는다는 괘(掛)와

소, 진(震)은 용, 손(巽)은 닭, 감(坎)은 돼지, 이(離)는 꿩, 간(艮)은 개, 태(兌)는 양이다. 여기서는 나중에 열두 띠에 들어간 일곱 동물로 팔괘를 표시했다.

한(漢)나라 이후, 사람들은 열두 띠 동물 모양으로 무덤의 부장품을 제작했다. 예를 들면 후난성에 있는 한나라 때의 묘에서 열두 띠로 장식한 동경(銅鏡)이 출토되었으며, 수(隋)나라와 당(唐)나라 때의 무덤에서는 부장품으로 열두 띠 동물 인형이 출토되었다. 또 북제(北齊)[1]의 무덤에서도 열두 띠가 그려진 벽화가 발견된 바 있다.

고대의 예술품 중에서도 띠를 도안으로 채용한 것이 있다. 당나라 궁정에 시진반이라는 것이 있었는데, 그 둘레에 열두 띠로 12시진을 표시했다. 청(淸)나라 황실의 정원인 원명원(圓明園)에 있었던 띠시계는 짐승의 머리에 사람의 몸을 한 열두 띠 동물이 각기 다른 시각에 차례로 물을 뿜었다. 애석하게도 이 띠시계는 1860년에 침공해온 영국과 프랑스 연합

___

통하여, 천지만물의 형상을 걸어 놓아 사람에게 보인다는 뜻으로, 중국 최고(最古)의 제왕 복희(伏羲)가 천문지리를 관찰해서 만들었다고 하며, 뒤에 육십사괘(六十四卦)를 만들어 이로써 사람의 길흉·화복(禍福)을 점치게 되었다.

[1] 남북조(南北朝) 시대의 북조의 하나로 남제(南齊)와 구별하여 북제(北齊)라 함. 고양(高洋)이 동위(東魏)의 꼭두각시 황제인 효정제(孝靜帝)를 밀어내고 세운 나라로, 6대 28년 만에 북주(北周)의 무제(武帝)에게 망하였음(550~577년).

군에 의해 훼손되고 말았다.

　오늘날에는 기원(紀元)으로 연도를 기록하는 것이 관행이
되었지만, 민속으로서 열 두 띠는 여전히 사람들의 사랑을
받고 있다. 열두 띠 동물 모양으로 만든 금전·은전·연하장
및 공예품은 지금도 환영을 받고 있으며, 어떤 이들은 자식
에게 이름을 지어줄 때 아이의 띠를 이름에 넣기도 한다. 예
컨대 대우·진룡 등이 그것이다. 또 열두 띠의 동물 조각상
을 세워놓은 공원도 있다.

〈필자 어머니의 소장품〉

〈필자 어머니의 소장품〉

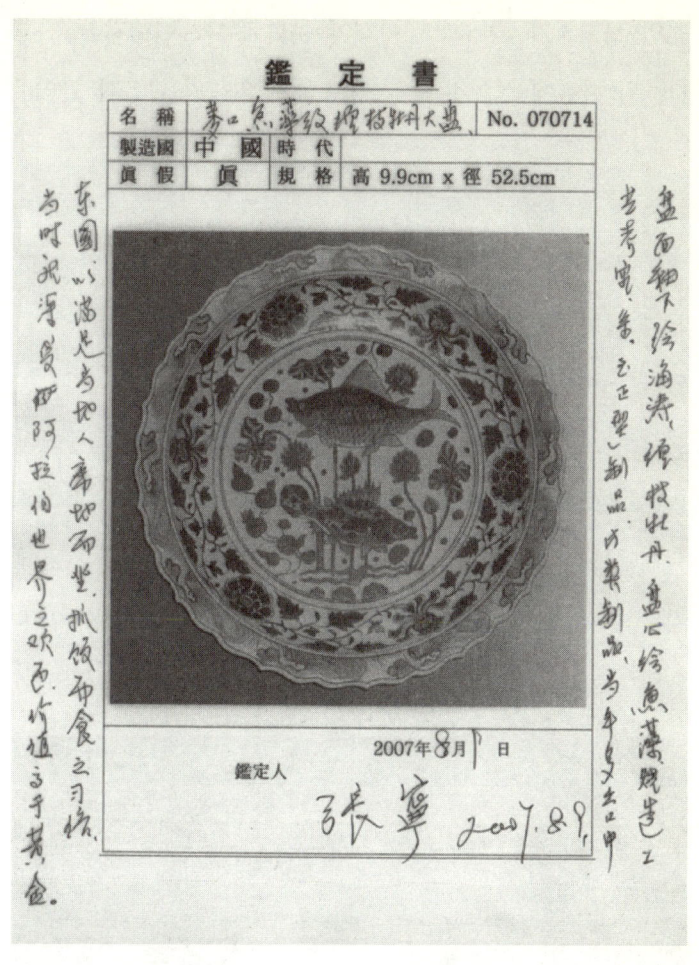

〈필자 어머니의 소장품에 대한 인증서〉

　　이렇게 도자기에 대해 내가 열심히 공부하는 이유는 어머
님께서 도자기 박물관을 설립하실 것이고, 내가 이 가업(家
業)을 이어야 하기 때문이다. 내 전공 분야만은 한국의 독보

적인 사학자가 되어서 동아시아 문화교류에 이바지하고 싶다. 위 사진에 쓰여진 감정 내용을 정리하면 다음과 같다.

명칭 : 능구어조문전지목단대반

능구어조문전지목단대반을 보면, 유약 속에 바다의 파도문과 목단 덩굴을, 반 가운데에는 물고기와 수초를 그려 넣었다. 구어낸 공법을 감안하면 원나라 지정(至正)년간의 형식으로 보이는 제품이다. 이러한 제품은 요즘 중동국들에서 많은 유물을 찾아볼 수 있는데, 당시 여러 사람들이 자리에 둘러앉아 이 큰 접시에 담긴 음식을 각기 가지고 있는 그릇에 각각 덜어 먹는 습속이 있었음을 알려주고 있다. 당시 아라비아인들이 매우 좋아했으며 금전적 가치도 높았던 것이다.

감정을 해주신 장령 교수님과 함께 기념사진도 촬영하였다. 당대의 대학자와 함께 사진을 찍으니 괜히 기분이 좋았는데, 나도 꼭 이 분처럼 훌륭한 학자가 되고 싶다.

필자의 어머니는 중국의 신석기(新石器) 때부터 한(漢)·당(唐)·송(宋)·원(元)·명(明)·청(淸)대에 이르는 많은 자기를 소장하고 있다. 장영 관장님은 한국에 문화교류차 오셨다가, '원대(元代)'의 청화백자를 감정해 주고 가셨다. 장영 관장님은 중국에서 손꼽히는 전문 감정가로서, 현재 북경대 교수직과 중국을 대표하는 수도박물관의 관장직을 맡고 계신데, 신안(新安) 앞바다에서 인양된 유물에 관해서 논문을 쓰신 것을 보면 한·중 고대 도자기 교류에 관심이 많으신 것 같다.

유물을 감정하시는 것을 곁에서 지켜보니 정말 대단하셨다. 도자기를 돋보기로 쓰윽 훑더니 곧바로 감정서를 써내려가는 모습이 인상적이었다. 나는 유물을 아무리 보고 만져봐도 다 똑같아 보이는데, 제작연대부터 그 가치에 이르기까지 즉시 감정 결과를 알려주셨다. 관장님께 유물을 감정하려면 어떻게 공부를 해야 하는지 여쭤보았더니, 우선 도자기를 만들고 굽는 작업부터 시작해서 천천히 단계적으로 기초를 밟아야 한다고 하셨다.

〈필자 어머니의 소장품〉

무언가 더 질문하고 싶었는데 못하고 그냥 조금 뻘쭘해서, 허리만 굽실거렸다. 중국어를 어제도 학교에서 배웠건만 이렇게 중요할 때는 써먹지 못하는 내가 조금 한심하다는 자괴감마저 들었다.

어쨌거나 나는 장영 관장님을 만나서 신선한 충격을 받았다. 하루빨리 빨리 대학에 들어가서 필자의 어머님께서 소장하고 있는 도자기를 모두 내 지식으로 만들고 감정해보고 싶다는 욕구가 솟구쳤다. 상상만 해도 흥분되는 일이었다.

19:00
경극京劇을 보며 중국어의 필요성을 절감하다

경극(京劇)을 보기로 하고 바로 호텔로 향했다. 이원극장 (梨園劇場)에서 추강(秋江)과 도고은(盜庫銀)이라는 경극을 공연하고 있었다. 표를 사서 들어가니 사람이 별로 없었다. 앞에는 식사를 하면서 경극을 볼 수 있는 테이블이 있었고, 그 뒷쪽으로 관람 좌석이 있었는데, 좌석은 자유석이었다. 나는 가이드 아저씨와 함께 뒤에 앉았다. 테이블에는 두 팀이 와서 식사를 하면서 경극을 보러 왔는데, 가족 단위로 온 관광객 같았다.

147

처음 보는 경극이라서 그런지 기대가 되었다. 그런데 예상과는 달리 출연진이 남자만 출연하는 것은 아닌 것 같았다. 여자들도 분장을 하고 다니는 것이 보였다. 극장에 들어오기 전에 경극 배우와 기념사진을 찍는 것을 보았다. 나도 찍으려고 했는데 10원을 내야한다기에, 왠지 상술(商術)에 놀아나는 것 같아서 안 찍었다.

오늘 하루 종일 너무 많이 돌아 다녀서 힘이 들어, 커피를 한 잔 마셨다. 드디어 경극이 시작되었다. 추강(秋江)이라는 작품이었다. 경극은 배우들이 중앙에서 연기를 하고, 오른쪽 옆에서 영어 자막으로 설명을 해주는 형태로 진행이 되었다.

피부로 느끼는 것이지만 영어와 중국어 같은 국제 언어는 글로벌시대에서 기본적으로 필요하다. 나의 경우에도 그동안 영어 공부를 하는 것은 시험 성적을 잘 받기 위해서였지만, 이렇게 답사를 해보면 외국어는 생존을 위해서 반드시 필요하다는 것을 절감하게 된다. 의사소통을 위해서건 정보 습득을 위해서건 계속적으로 영어와 중국어의 자극 속에서 나는 하루 종일 바보가 된 것 같았다. 나 자신의 의견을 표현할 수가 없어서 이만저만 답답한게 아니었다.

가이드 아저씨가 중국어와 한국어에 능통해서 불편함은 덜 했지만, 만약 나 혼자 돌아다닌다면 아무 것도 하지 못했을 것이다. 역설적이지만 그나마 소득이라면 영어와 중국어 공부를 열심히 해야 하겠다는 다짐을 했다는 점이다.

중국어 연기와 영어 자막을 정신없이 고개를 도리질하면서 한 30퍼센트 정도 내용을 이해한 것 같다. 이번 공연은 본 공연을 앞두고 맛보기로 한 오프닝 성격의 공연 같았다.

두 사내가 칠흙 같은 어둠 속에서 싸우는 장면을 코믹하게 그렸는데, 마치 판토마임을 보는 것 같았다. 무예나 기예를 선보이면서 가끔은 재주도 넘고, 하여튼 재미있었는데, 특히 식탁을 놓고 벌이는 재주는 감탄을 자아내기에 충분했다.

연습을 무척 많이 한 것이 느껴졌다. 하지만 높은 소리로 대사없이 마임만을 해서 경극 특유의 소리를 들을 수가 없었다. 마치 써커스를 보는 것 같은 느낌을 받았다.

한 20분 정도 지나니 새로운 경극이 시작되었는데, 메인 공연인 도고은(盜庫銀)이었다. 이번에는 제법 출연자들이 많았다.

내용은 동생의 약을 구하기 위해 주인공이 오색 구름을 타고 관청에 가서 은(銀)을 탈취하자, 관청의 그림 속에서 장수들이 튀어나와서 군을 이끌고 은(銀)을 찾으러 온다. 여주인공과 그녀를 따르는 하인들은 이들을 맞아 전투를 벌이는데,

결국은 여주인공과 그녀의 군사들이 관청의 군사를 이긴다.

이는 민중이 그 은(銀)에 대한 소유권이 있다는 것을 보여주기 위한 것으로 해석되었다. 공연 중간 중간에 써커스를 연상시키는 기예들을 많이 보여주어서 재미가 있었다.

이번에는 내가 듣고 싶었던 경극 특유의 소리를 들을 수 있어서 좋았다. 역시 중국어에 대한 이해가 부족해서 작품을 제대로 감상할 수 없어서 못내 아쉬웠다.

위 사진은 필자가 구입한 입장권 실물이다. 번호 '0107640'. 무려 120 위안을 내고 관람하였다. 하지만 매우 재미가 있었다. 표를 모아서 스캔을 받고 글을 쓰는 것이 이토록 흥이 나는 일인지 예전에는 미처 몰랐다.

가이드 아저씨의 조언에 따라 표를 모아서 정리했는데 글을 쓰는데 많은 도움이 되었다. 그리고 표를 볼 때마다 당시 느꼈던 감정이 그대로 떠오른다. 만일 표를 모으지 않았다면 다 잊어버리고 말았을 것이다. 일상생활을 하는데 있어서도 하나하나 섬세하게 정리하는 것이 모든 것의 기본이 된다는 것을 새삼 깨달았다.

경극 배우들의 실물을 처음 보았다. 진짜 입장권에 새겨진 사진처럼 화장을 하는가 궁금했는데, 남자가 저렇게 화장을 하는 것을 직접 옆에서 보니 약간 징그러웠다. 그런데 왜 남자들이 저렇게 화장을 하고 이상한 목소리로 노래를 불러야 했을까 하는 궁금증이 생겨서 물어보았다.

가이드 아저씨 말씀으로는 당시에는 동양이나 서양이나 여자가 공연을 할 수 없었다고 한다. 그래서 중국에서는 남자들만 경극 배우가 되어서 여성의 목소리를 연습했다고 한다. 서양도 카스트라토라는 것이 있어서 여자의 높은 음을 내는 남자 가수를 키웠다고 한다. 중국 영화 '패왕별희(覇王別姬)'[1]와 서양 영화 '파리넬리'가 그 대표적인 작품이다. 그런데 왜 여자들은 공연을 할 수 없었는지 아직도 이해가 가지 않는다.

---

[1] '역발산기개세(力拔山氣蓋世)'의 한시(漢詩)로도 유명한 초(楚)패왕 항우의 용맹성과 그의 애첩 우미인(虞美人) 우희(虞姬)와의 애절한 사랑을 그린 중국의 대표적인 고전 경극.

22 : 00

나의 지적, 미적, 정신적 충만함이 조화로운 하루를 보내며

아침 일찍 호텔에서 출발해 아름답고 광대한 만리장성(萬里長城)을 보고 기이한 감동을 맛보았다. 그것도 잠시, 박물관에서 고대 역사가 왜곡된 지도를 보고 분개했고, 역사학도로서의 사명감이 불탔다. 곧이어 북경대(北京大)를 방문해서 이 사명감을 북경대를 거쳐 실현하겠다는 다짐을 스스로에게 했다. 잠시 이화원(梨花園)에 가서 정신적인 휴식을 취했고, 내 미적인 영혼이 충만해짐을 느꼈다. 청화대(淸華大)에 들러서 나의 일년 전 청화대에서의 학습, 그리고 장령 관장님과의 중요한 만남을 떠올렸다. 다시 호텔로 돌아와 경극으로 마무리된 환상적인 날이었다. 내 지적, 미적, 정신적인 측면이 조화롭게 만족된 하루였다.

잘 보낸 하루는 기쁜 잠을 선물하며, 잘 산 삶은 행복한 죽음을 선사한다는 레오나르도 다빈치(Leonardo da Vinci)[1]의 말이 있다. 오늘은 내 인생에서 아주 인상 깊고 의미 있는 하루를 보낸 것 같다. 오늘 자는 잠은 꽤나 기쁜 잠이 될 듯 싶다.

---

1 이탈리아 문예부흥기의 화가 · 건축가 · 조각가. 피렌체의 빈민 출신으로 탁월한 묘선(描線)과 심리적 표현에 의해 천재적 수완을 보였고, 엄밀한 자연과학적 정신 끝에 회화 · 건축 이외에 공업 · 이학 방면에도 조예가 깊음. 회화작품으로 유명한 〈최후의 만찬〉 · 〈모나리자〉 등이 있음(1452~1519).

2007. 1. 19

06 : 40
온고지신溫故知新을 몸소 체득하기 위한 답사 일정

6시 40분이다. 일어나자마자 텔레비전을 켜니, BTV-2에서 음악 방송을 하고 있었다. 왠지 이 순간을 남기고 싶어졌다. 그래서 캠코더를 켜고 호텔 밖 새벽 경관을 찍기 시작했다. 야외 전경이 그리 멋있지는 않았지만, 멀리 보이는 사거리를 최대한 줌을 해서 찍었다. 그리고 음향은 텔레비전에서 나오는 음악과 드라마를 녹음했다. 내깐에는 북경의 새벽을 담아 가고 싶었나 보다. 세수를 하고 옷을 입고 몸 단장을 했다.

이틀 연속 강행군을 해서 몸은 매우 지쳤지만, 오늘은 매우 중요한 곳을 답사하는 날이라 각오가 새롭다. 자금성(紫禁城 쯔진청)[1]과 마테오 리치(Matteo Ricci)의 묘가 그것이다.

이곳을 답사하는 것은 18~19세기 지식인들이 가졌을 지적 고민을 함께 하고 싶어서였다. 실학자(實學者)라고 일컬어지는 정약용(丁若鏞)이나 박지원(朴趾源)이 이곳의 문물을 접하고 무엇을 느꼈을까 하는 것이 가장 궁금했다.

그래서 북경(北京) 답사의 코스는 될 수 있으면 당시 조선의 지식인들이 다녔던 곳을 좇아갔다. 유리창(琉璃廠)도 그랬고, 오늘 갈 리치의 묘와 남당·북당·동당이 그러하다. 그리고 가장 중요한 곳인 국자감(國子監)[2]과 공자님의 사당(祠堂)은 내일 갈 것이다.

역사학자를 꿈꾸는 나는 다산(茶山) 정약용과 연암(燕巖) 박지원을 좋아한다. 그들이 가진 개혁성향(改革性向)을 좋아하고, 시대를 앞서나가는 선견지명(先見之明)을 존경한다. 필

---

1 중국 베이징 내성에 있는 명(明)·청(淸) 시대의 궁성. 1407년 영락제가 베이징 천도와 동시에 착공한 것. 동서 약 760m, 남북 약 1000m의 광대한 지역으로 높은 성벽으로 둘러쌓인 가운데 많은 건물이 정연하게 배치되어 있음. 현재 문화재로 고궁박물관으로 되어 있음. 별칭 고궁(故宮).
2 중국에서 수양제(隋煬帝)가 국자학(國子學)을 개칭한 교육기관.

자는 당시 18~19세기의 조선과 21세기 한국의 상황이 비슷하다고 생각한다. 당시는 새로운 문물인 서학(西學)이 들어오려는 시기였다. 다산 정약용(丁若鏞)의 사상이 개혁성향을 띠는 것도, 박지원(朴趾源)의 문장이 참신하다고 하는 것도 모두 이런 서학적 영향 때문일 것이다.

정약용은 유배지에서 북경에서 들여온 서적을 많이 읽었다고 한다. 박지원은 내가 지금 이 순간 답사하고 있는 지역을 당시에 직접 돌아다녔다. 이러한 이유로 그들은 학문과 사상이 당시 조선 사회의 개혁사상(改革思想)으로 인식된다고 생각한다. 그러니까 당시 조선도 개방(開放)과 수성(守成)의 두 가지 선택에서 고심했던 시기라고 할 수 있다.

2008년 한국의 상황도 이와 매우 유사하다. FTA를 비롯한 각종 개방의 물결이 몰아치고 있다. 정치 분야에서는 완전히 서양의 그것을 받아들였다. 대통령제나 입법·행정·사법의 삼권분립(三權分立) 등등의 자유민주주의적(自由民主主義的) 요소가 그것이다. 하지만 경제적 측면에서는 자본주의를 받아들였다고는 하나, 아직 지금 세계를 휩쓸고 있는 신자유주의(新自由主義)에 맞는 경제체제를 수용한 것은 아니다. 앞으로 어떻게 한국이 나아가야 할 길을 잡아야 할지 궁금하다.

필자는 이러한 미래의 지향점을 찾기 위해 이곳에 왔다. 과거의 대학자들의 행적을 통해 내 삶의 지표를 찾고 싶다. 이 답사가 끝나고 열심히 공부해서 대학생이 되고 난 후, 중국 북경대학에서 역사학을 전공하고, 다시 다른 선진국에 유학가서 역사학자로서 새로운 삶의 길을 모색하고 싶다. 즉 이번 답사는 온고지신(溫故知新)이라는 단어를 몸소 체득하기 위해 온 것이라고 하겠다.

08 : 00
오늘도 자금성, 마테오 리치묘, 수도 박물관, 왕푸징 거리가 나를 기다린다

오늘은 아침 식사를 하러 중식당이 아니라 양식당으로 갔다. 중식당과 메뉴가 많이 다를 것이라고 생각했지만 거의 같았다. 나는 빵과 우유·과일 등을 먹었다. 꽤 많은 서양인들이 가족 단위로 식사를 하고 있었는데, 노부부가 많았다. 젊었을 때 열심히 일하고 노년에 이런 곳을 다니면서 여행을 하는 것 같았다. 한국에도 이런 분들이 많이 오셨으면 하는 아쉬운 생각이 들었다.

호텔이어서 그런지 이곳에서 서빙하는 종사자들은 매우

세련되어 있었고, 또 슬림하였다. 마치 한국의 어느 음식점에 와 있는 듯 사람들이 낯설지 않았다. 가이드 아저씨 말로는 한국 드라마와 가수들의 공연 때문에 한국 사람과 스타일을 비슷하게 하고 다니는 사람이 많아졌다고 한다. 이것이 한류(韓流)라는 것인가 하는 생각이 들었다. 그들의 외모에서는 그 어떤 이질감이나 거부감을 느낄 수 없었다.

식사를 주섬주섬 마무리 할 수밖에 없었으니, 빵은 꾸덕꾸덕하고 과일은 싱싱하지 못해서 잘 먹을 수가 없었다. 그래서 요구르트와 우유를 좀 많이 먹었다. 그런데 이틀 전에 먹었던 오리 고기가 이곳에도 걸려있었다. 특산물이니까 여기서도 북경 오리를 파는 모양이다.

식사를 하고 어머니에게 안부전화를 했다. 고등학생인 내가 이곳에 와서 매우 걱정하시는 듯 했다. 그래도 가이드 아저씨가 안내를 잘 해주신다고 말씀을 드리고 안심을 시켜드렸다.

여행을 하면서 어머니 생각을 많이 했다. 어머니는 언제나 나를 믿어주고 존중해주신다. 나도 어머니를 인간적으로 깊이 신뢰하고 있다. 내가 원하는 것이면 뭐든지 뒷바라지 해주신다. 어린 나이에 이곳에 온다고 했을 때도 어머니는 네가 필요하다면 하라고 격려해 주셨다. 내신(內申) 공부에 피해가 간다고 반대하실 줄 알았는데 다행이었다.

이따금씩 막연하게 어머니에게 무언가 해드려야 할 텐데 하는 생각을 한다. 지금으로서는 내가 점차 더 나은 사람이 되어가는 수밖에 없다고 생각한다. 멀리 타지에 혼자 오니 항상 곁에 있어서 그 소중함을 몰랐던 사람들의 중요성을 새삼 깨달았다. 어머니가 지금 가장 그립다.

식사를 하고 호텔 방에 돌아와서 차를 기다렸다. 오늘도 가이드 아저씨가 렌트해온 차를 타고 돌아다닐 것이다. 자금성(紫禁城)을 먼저 답사한 후 마테오 리치묘를 갔다가 수도박물관에 갈 것이다. 그리고 저녁에는 왕푸징 거리를 답사할 계획이다. 오늘도 어제처럼 매우 빡빡한 일정이 될 것을 생각하니, 지레 다리가 아파온다. 이렇게 많은 곳을 돌아다녀야 하다니, 너무 욕심을 낸 것 같지만 어쩔 수 없었다. 짧은 시간 내에 많은 곳을 답사해야 하기 때문이다.

10:00
연세대 AP(대학과목 선이수)과정 중 다룬 화택규 火澤睽를 자금성에서 만나다

나는 해태상(獬豸像)을 좋아한다. 해태상만 해도 주요 지

역에 있는 것은 거의 다 촬영하였다. 때로는 위엄있어 보이고 힘이 느껴지기도 하다. 가끔은 게리기쳐 같은 이미지에 친근감이 느껴진다. 건물 맨 앞에서 수호신으로 떡 하니 버티고 지켜서 있는 것이 멋있어 보인다. 이 때문에 건물에 들어갈 때 왠지 옷깃을 여미게 된다. 이런 이유로 저렇게 건물 앞에 암수 사자상을 배치한 것이 아닌가 한다.

위의 사진을 찍은 곳을 기준으로 뒤로는 천안문(天安門; 톈안먼)[1] 광장이 있다. 상상했던 것처럼 크지는 않았다. 나

---

[1] 중국 베이징(北京)에 있는 청(淸)나라 황성의 남쪽 정문으로 명(明)나라 초기에 창건되었음. 처음에는 승천문(承天門)이라고 명명하였으나, 1651년에 개축하면서 톈안먼(天安門)이라고 개명하였다. 문 앞의 대광장 주위에는 중앙관청이 모여있고, 국가적 대행사 때에는 반드시 사용되는 문이며 1919년 5·4운동 이래 중국인들의 시위집회에 많이 이용되는 문임.

는 세계 제일의 크기를 자랑한다고 해서 엄청 넓을 줄 알았는데 막상 직접 보니까 그리 큰 규모는 아니었다. 인민대회당(人民大會堂)[1]과 북경박물관(北京博物館)을 양 옆에 두고 있었다. 자금성 앞에서 사진을 찍고 안으로 들어갔다. 아침인데도 사람이 많았다.

그런데 여기 저기 공사를 하는 바람에 차분하게 제대로 된 관람을 할 수 없을 것 같았다. 중앙에 있는 주요 건물들은 모두 다 공사를 하고 있었다. 가장 중요하다고 생각되었던 보화전 역시 공사가 진행되어 아예 볼 수가 없었다. 일단 가장 중앙의 길을 타고 자금성(紫禁城) 안으로 들어갔다.

내가 지금 걷고 있는 이 길은 황제만이 걷던 길이라고 한다. 가이드 아저씨의 말에 의하면 내가 디디고 서있는 이 돌은 그 값이 금보다 비쌌다고 한다. 돌을 만드는 과정이 매우 길고 복잡하기 때문이라는 설명이었다. 그래서 나는 작게 부셔진 부분에서 조금 떼어내어 가방에 담아 가져왔다. 황제 전용 길의 이 금돌은 이곳에서 매우 멀리 떨어진 곳에서 제작되었다고 한다. 어떻게 이 많은 돌을 운반했는지 상상이

---

1 중국 인민대표대회 회의장으로, 베이징(北京)의 톈안먼(天安門) 광장 서쪽에 위치함. 1958년 8월에 건립되었으며 천안문광장 · 중국역사박물관 · 민족문화궁(民族文化宮) · 북경역(北京站, 中央驛) 등과 함께 중국정부 수립 후 10년간 중국건축을 대표하는 건물임.

안 되었다. 크기도 만만치 않았다.

입장권을 내고 안으로 들어가니 시야가 탁 트였다. 정면에 있는 건물에서도 공사를 하고 있어서 다소 짜증이 나기는 했지만 단아하게 뻗은 건물들의 직선과 곡선의 조화 속에서 미적 쾌감마저 느낄 수 있었다. 건물들의 선과 색의 조화가 이렇게 아름다울 수 있다니 정말 대단했다.

속상한 이야기지만 한국의 경복궁(景福宮)과 비교하면 더욱 웅장한 궁궐이라는 생각이 들었다. 당시 동아시아의 패권을 쥐고 있었던 사람이 살았던 곳이라고 하기에 충분했다. 그 건물의 미학적 가치나 규모로 보아 황제의 위용을 잘 나타내고 있었다. 자금성에 오기 전에 미리 자료를 많이 숙지하고 왔지만, 막상 여기에 와보니 정리가 되지를 않았다. 너무 많고 넓어서 하나하나 따지면서 보기에는 힘이 들었다. 가장 인상에 남는 것만을 정리하기도 혼란이 왔다.

먼저 눈에 들어 온 것은 봉화 형태의 난간 장식이었다.

다음 사진은 중앙의 건물을 우아한 아치(arch)를 그리며 반원(半圓)의 형태로 두르고 있는 못의 난간이다. 건물을 돌아 감고 있는 못에는 사진에서 보듯 봉화(烽火) 모양의 장식이 있었다. 난간을 만들고 봉화의 장식을 달아 아름답게 꾸몄다. 건물의 빨간 색과 노란 색 그리고 못과 다리와 난간

등이 조화를 이루면서 하나의 작품을 이루어내고 있었다.

그런데 이러한 형상을 보니 여름 방학 때 논술 연습을 했던 것이 생각이 났다. 바로 주역(周易)[1]의 화택규(火澤睽)였

---

1 유교의 경전(經典) 중 3경(三經)의 하나인 『역경(易經)』. 단순히 『역(易)』이라고도 하는 이 책은 점복(占卜)을 위한 원전(原典)과도 같은 것이며, 동시에 어떻게 하면 조금이라도 흉운(凶運)을 물리치고 길운(吉運)을 잡느냐 하는 처세상의 지혜이며 나아가서는 우주론적 철학이기도 하다. 주역(周易)이란 글자 그대로 주(周)나라의 역(易)으로, 역이란 말은 변역(變易), 즉 '바뀐다', '변한다'는 뜻이며 천지만물이 끊임없이 변화하는 자연현상의 원리를 설명하고 풀이한 것이다.
주역은 8괘(八卦)와 64괘, 그리고 괘사(卦辭)·효사(爻辭)·십익(十翼)으로 되어 있다. 역은 양(陽)과 음(陰)의 이원론(二元論)으로 이루어지는데 즉, 천지만물은 모두 음과 양으로 이루어졌다는 것이 그것이다.
주역은 유교의 경전 중에서도 특히 우주철학(宇宙哲學)을 논하고 있어 한국을 비롯한 일본·베트남 등의 유가사상에 많은 영향을 끼쳤을 뿐만 아니라 인간의 운명을 점치는 점복술의 원전으로 깊이 뿌리박혀 있다.

다. 연세대학교 2006년도 정시 논술에 나왔던 문제였다. 학교 수업 시간에는 잘 이해가 되지 않고 이것은 무슨 의미가 있을까 궁금했다. 그런데 이렇게 화택규(火澤睽)의 의미를 직접 건축에 활용한 것을 보니 흥미가 돋았다. 그 구절을 인용하면 다음과 같다.

『주역』의 화택규(火澤睽) 괘는 태하리상(兌下離上)의 괘다.

상리괘(上離卦 ☲)는 불(火)이고, 하태괘(下兌卦 ☱)는 연못(澤)이다.

[…] 규(睽)는 노려볼 규이니 등지다, 배반하다의 뜻. 곧 서로의 의견이 어긋나서 반목하다, 노려본다는 의미다.

[…] 불은 위로 타오르고 물은 밑으로 흘러가니, 이것은 서로의 의사가 합쳐지지 않고 반목해서 서로 배반하는 상태다.

[…] 규괘를 한 개인으로 보고 해석하면, 곧 그 마음이 순일(純一)하지 못해서 사욕과 도리(道理)가 갈등하므로 생각이 통일되지 못해 바른 길을 못 찾는 상태이다. 이래서는 원만한 인격을 이루기 어렵다. 집단이나 한 국가로 보고 해석해도 내용은 같다.

[…] 군자는 이 상(象)을 법도로 삼아, 귀결되는 바는 설령 같다 할지라도, 그 하는 일은 다르다는 것을 잘 알고 선처해야 한다.

[…] 사람이 행복을 구하는 뜻은 비록 같다 해도 그 행위는 모두 다르다. '같으면서 다름(同而異)'은 이런 의미다.

[…] 이 우주와 인생에는 시간과 공간, 환경의 변화 때문에 동일한 것이라고는 존재할 수 없다. '하늘이 인간에게 부여한' 인성(人性)도 비록 근원은 동일할지라도 말단에 이르러서는 서로 어긋남이 생기는 것이 사실이다. 규괘는 이런 도리를 보여주고 있다. 그 어긋남을 인식하면서 화협(和協)의 도리를 찾아야 한다.

[…] 규의 상태는 고금왕래(古今往來)에, 인류사회에 면면히 계속되고 있다.

「단전」에는

[…] '다르면서 같음(異而同)'의 도리를 말했으며, 「대상전」에는 '같으면서 다름(同而異)'을 말했으니, 이 도리를 터득하면 인간만사에 통용되어 큰 허물을 범하지는 않으리라고 생각한다. 그러므로 성인이 "어긋남(睽)의 때의 쓰임이 위대하다"라 했다. […]

「계사전」에서는 "나무를 굽혀 활을 만들고 나무를 깎아 화살을 만들어서 활과 화살을 이용함으로써 천하를 위협하니, 아마 이것은 규괘에서 취함이니라"고 언급하였다.

이렇게 어려운 해석을 지닌 화택규(火澤睽)의 괘(罫)[1]가 자금성 가장 앞자리에서 의미를 발하고 있다. 물과 불이 공존하며 자기의 존재를 충분히 간직하면서 시너지 효과를 낼수 있다는 생각이 이렇게 건축을 통해서 나타날 수 있다는 것을 알았다. 물의 기운이 센 곳에 봉화의 장식을 하여서 물의 음기를 달래고 있었다.

너무 관념적인 생각일 수 있지만 그래도 나름대로 멋있었다. 역시 동아시아에는 보편적인 정신이나 가치가 있는 것같았다. 한국의 유명한 사립대에서 논술 문제를 내기도 하고, 자금성에는 그 의미가 실제적으로 건축에 나타나기도 하니까 말이다.

그러고 보면 주역(周易)이라는 책은 매우 중요한 것 같다. 나중에 대학생이 되면 꼭 공부해 보고 싶다. 왜 주역의 괘(罫)가 모두 64개인가 하는 궁금증이 생겼다. 저 화택규(火澤睽)는 그중에 하나일까? 황제가 물과 불을 잘 다스리고 싶어했다는 생각이 들은 까닭은, 단지 물을 감상하고 봉화 장식

---

1 복희씨(伏羲氏)가 만들었다는 중국 고대 기형(紀形) 글자. 한 괘에 각각 삼효(三爻)가 있고, 효를 음양(陰陽)으로 나누어 건(乾)・태(兌)・이(離)・진(震)・손(巽)・감(坎)・간(艮)・곤(坤)의 팔괘(八卦)가 되고, 이를 거듭하여 육십사괘가 됨. 천지간의 변화를 나타내며, 길흉의 판단을 하는 주역의 골자가 되는 것.

을 만져 보기 위해 이러한 다리와 못을 자금성의 맨 앞에 두었을 리는 없기 때문이다.

　2007년 여름에 연세대에서 글쓰기 수업을 들었었다. 이 수업을 준비하기 위해서 몇개 대학의 논술 문제를 다 보았었는데, 위의 화택규도 그 중 하나였다.

　연세대학교에서의 AP(대학과목 선이수) 수업은 신선했다. 기존 고등학교 수업은 교사 중심의 일방적인 지식전달 위주의 수업인데 반해, AP는 '지식 습득과 가공' 위주의 수업이었다.

　독창적인 사고가 발현되는 과정을 몇 가지 파트로 나누어서 강의를 들었다. 20명으로 수업이 진행되었고, 5명씩으로 조가 편성되었다. 토론수업(討論授業)이 중점적이었고, 서로 의견을 비교·대조해보는 과정에서 다차원적(多次元的)이고 열린 사고가 배양되었다.

　AP를 수료하고 난 후에 나 스스로 사고력이 향상되어 있음을 느낄 수 있었다.

수 료 증

소   속 : 경기고등학교 2학년
성   명 : 이 경 원
생년월일 : 1991.02.26

이수과목 : 생각과 글
담당교수 : 김 신 정, 최 기 숙

위 학생은 2007학년도 여름학기 연세대학교
대학과목선이수 과정을 수료하였으므로 이
증서를 수여함.

2007년 8월 20일

연 세 대 학 교
총 장 정 창 영

11:30
나는 지금 무엇을 해야 하는가 — 자금성이 내게 던진 질문이다

자금성은 올림픽 때 관광객을 유치할 목적으로 대대적인 공사가 진행 중이었다. 중국 전체가 공사장이라고 해도 과언이 아니지만, 자금성도 큰 건물들은 모두 공사가 진행 중이었다.

공사 중이라서 입장을 하지 못하는 곳이 많아 아쉬웠다. 그런데 특이한 것은 옛날 서양 사람들이 동양에는 황금으로 만든 도시가 있다는 생각을 하게 만든 도화선이 된 바로 그 건물에 도금(鍍金) 작업을 시행하고 있었다. 건물 외관이 빨간색과 금색으로 새롭게 옷을 갈아 입고 있었다. 아래 사진

에 보이는 7개의 금은 각각 황제를 상징한다고 한다. 옛 건물에 다시 금색과 빨간색을 입히니 인상이 깊었다.

만약 파란 하늘이 보인다면 삼원색(三原色)이 강렬하게 그 빛을 내어 이미지가 매우 선명해져, 그냥 있어도 건물의 아름다움을 더 증폭시킬 것이라 생각된다. 오늘은 날씨가 매우 안 좋지만 저 금색과 빨간 색의 극렬한 배색은 나의 마음을 강하게 흔들었다. 청·적·황·흑·백의 오색 조화는 자금성의 이미지를 더욱 강렬하게 만들었다.

이렇게 큰 건물들을 모두다 보수 공사를 하려면 엄청난 재정과 인력이 들 것이다. 그것도 세계적 문화유산인 유물에 손을 대는 것이니 최상의 재료들을 사용할 것이라는 생각이 들자, 그 공사의 규모에 저절로 고개가 끄덕여졌다.

이런 생각을 하다가 자금성 왼쪽 편에 마련된 전시실로 들어갔다. 그곳에 전시된 것은 평소 내가 보고 싶었던 것들이다. 마침 여기서는 "천부영장(天府永藏)" 계열전을 하고 있었다. 전시품들은 대부분 서양에서 전래된 과학 문물에 관한 것들이었다. 시계·콤파스·망원경, 기하학에 관한 책, 수학 책, 의학 기구들 그리고 수학 공식이 적힌 책상 등 많은 과학 문물들이 있었다.

시기상으로는 17세기 초반의 유물이었다. 16~17세기에

169

벌써 서양의 시계나 각종 의료 기구들이 들어와 있었던 것
이다. 그 당시 조선에서는 시계를 보고 매우 놀랐다고 하는
기록이 있는데, 아마도 바로 이것들을 보고 놀랐을 것이다.

　중국 정부가 이렇게 서양에서 전래된 과학 기구들을 특별
전 형식으로 기획전시회를 여는 것으로 보아 서양의 관광객
을 매우 의식하고 있는 것 같았다. 앞으로 시작될 서양과의
힘겨루기에서 뒤지지 않으려고 그들에게 내놓을 것을 치밀
하게 준비하고 있었다. 중국이 일찍 서양의 문물을 받아들여
자기 문화에 접목시키고 이를 발전시켰다는 것을 은연중 알

리려고 하는 것 같았다.

유구한 역사 속에서 서양의 과학 기구들은 중국의 문화를 더욱 성장시키는 자양분이 되었다. 그런데 그 주체는 중국이라는 것을 내세우려는 의도이리라. 중국이라는 거대한 문명을 이루기 위해서 서학(西學)을 받아들였고, 이는 서양의 것에 종속된 것이 아니라 중국이 자기식으로 흡수했다는 것에 대한 자부심을 표출하고 싶은 기획전이라 생각되었다.

그런데 흥미로운 것은 이런 전시를 할 경우 서양의 문물이 중국에 들어와서 중국을 종속시켰다고 생각할 수도 있겠지만, 결국 이 거대한 자금성 안에서 이러한 전시물들의 존재감은 그리 크지 않다는 점이었다.

서양의 과학 문물은 중국의 긴 역사 속에서 보면 그저 하나의 작은 자양분에 불과하다는 생각이 들었다. 그리고 이 전시실에서는 서양의 시계나 망원경 같은 것이 중국의 문명에 용해되는 듯한 느낌을 받았다. 태평양이 모든 대륙의 물을 마다하지 않듯, 중국은 자신들의 문화를 중심에 두고 모든 문화를 받아들여 융합시킨다는 사고를 읽을 수 있었다.

이곳에 있는 전시물들은 주로 탕약망(湯若望 : Schall의 중국식 이름)이란 사람과 관련이 있는 것들이었다. 동도금 간평의

(銅鍍金簡平儀), 구도전원의(矩度全圓儀), 동도금 방월귀의(銅鍍金方月晷儀), 동도금 일귀의(銅鍍金日晷儀), 회도의기(繪圖儀器), 탕약망 관신법지평식일귀의(湯若望款新法地平式日晷儀), 지구의(地球儀) 등등 많은 것들이 있었다.

그중 다음 면의 사진은 구도전원의(矩度全圓儀)이다. 이는 거리와 각도 등등을 계측할 수 있는 기계이다. 당시 탕약망이 서양의 역법을 가지고 들어와서 서양의 역법과 동양의 역법 사이에 논쟁이 있었다고 가이드 아저씨께서 설명해 주셨다. 이러한 기계들의 발명이 사람들이 살아가는 시간의 기준을 정하는 데 있어서 중요한 역할을 한다는 것을 깨달았다.

이 박물관에 있던 망원경의 발명으로 천동설(天動說)에서 지동설(地動說)로 바뀐 것을 생각하면, 이러한 기계 하나하나가 세계관(世界觀)을 바꾸어 왔고, 21세기 우리가 지닌 패러다임을 형성하게 해준 도구들이었음을 깨닫게 해준다.

이러한 것 중에서 가장 중요한 것이 바로 지도이다. 서양 사람들이 가지고 온 지도는 당시 중국 중심의 세계관(世界觀)을 송두리째 바꾸어 놓았다. 중국이 세계의 중심이 아니라는 것이다.

따라서 조선에서도 중국 성리학(性理學)을 중심으로 한 사고체계가 새로운 실학(實學)에 의해서 도전받았을 것으로 추

173

측된다. 중국이 세계의 중심이고 사상의 구심점(求心點)이라는 사고가 깨지고 얼마든지 다른 사고를 할 수 있다는 상대주의(相對主義)적인 사고를 할 수 있게 된 것이었다. 정약용(丁若鏞)이나 박지원(朴趾源)이 당시 고정관념을 깰 수 있었던 것도 이러한 새로운 사상을 접했기 때문이라고 생각한다.

지도를 보고 시계를 보았을 때 중국 중심의 공간 개념과 청(淸)나라 연호(年號)[1] 중심의 시간 개념이 깨졌을 것이다.

그래서 조선의 자주성과 주체성을 말할 수 있었다고 생각된다. 바로 중국이 역사의 구심점이 결코 아니라는 것을 알았기 때문이다. 당시 실학자들은 서학(西學)의 과학 장비들과 서적들을 보고 흥분했을 것이다.

서양의 과학 기재들을 살피고 있다가 가이드 아저씨에게 이것 외에 서양의 문물과 연관된 다른 것은 없냐고 물어보았다. 그랬더니 시계 박물관이 있다는 말씀을 하셨다. 종표관(鐘表館)[2]이라는 곳에 있었는데, 따로 십 위안(元)을 더 내고 입장권을 사서 들어갔다.

---

1 군주 시대에, 임금이 즉위한 해에 붙이던 칭호.
2 북경 고궁(古宮) 자금성(紫禁城) 내에 있으며, 세계 각국으로부터 고시계(古時計)를 수집하여 진열해 놓은 전시관.

175

들어가서 보니 시계가 매우 많았다. 나는 한 열 개 정도나 시계가 있으리라 추측했는데, 수 백개나 되었다. "천부영장(天府永藏)"에서 보았던 시계가 거의 최초로 들어온 시계이고, 이곳에 있는 것들은 다 중국에서 황제가 사람들을 시켜서 만든 것이라고 한다. 위 사진의 시계는 한 십미터는 되어 보였다. 모두 영국·프랑스·독일 등지에서 온 사람들이 황제의 명을 받고 만들었다고 한다.

조선 시대에 청나라에서 시계를 선물했다고 하는데, 이러한 종류의 것이 아니었나 하는 생각이 들었다. 당시 조선 후기 지식인들이 보았을 때 매우 놀랐을 것이다. 지금 보아도 그 예술성(藝術性)이나 정교함은 대단했다. 처음에는 멋있고 재미가 있었지만, 시계들이 너무 많아서 나중에는 다 보기가 지칠 지경이었는데, 나의 관심을 끈 것이 있었다.

시계 안에 작은 사람 인형이 있는데, 그 인형은 시간이 되면 한자로 글을 쓴다고 했다. 예컨대 세시가 되면 붓글씨로 "三"자를 쓴다니 놀라웠다. 이미 쓰여진 글자를 보았는데 매우 잘 쓴 글씨였다. 나는 가이드 아저씨가 설명할 때 처음에는 시간이 되면 실제 사람이 글을 쓴다는 말로 잘못 알아들어서 혼돈스러웠다. 당시에 저러한 로봇을 만들 수 있으리라고는 생각조차 못했기 때문이다. 그 옛날에 어떻게 저런 기계를 만들 수 있었는지 궁금하다.

이곳에서도 새삼 서양의 과학기술이 어떤 경로로 중국으로 들어왔으며, 중국은 이것을 어떻게 자기의 것으로 만들었는지에 대해 생각했다. 중국 전통의 건물 양식에 시계를 부착해 저런 예술작품을 만들었다. 이 시계의 반대 편에는 또 하나의 엄청나게 큰 물시계가 있었다. 작동을 하지 않아서 어떻게 운행되는지 보지 못한 것이 아쉬웠다. 입구 양 옆으로 큰 시계 두 개가 나란히 전시되어 있는 것을 보면 중국 사람들은 모든 것을 크게 만드는 것을 좋아한다는 생각이 든다.

너무 많은 것이 널려 있어서 제대로 관찰하려면 족히 3일은 찬찬히 살펴보아야 할 것 같다. 이 종표관(鐘表館)을 나오니 이제는 너무 지쳐서 힘이 쭉 빠졌다. 그런데 또다시 나를 흥분되게 하는 것이 있었다.

다음 사진은 단일 규모로는 자금성(紫禁城)에서 가장 큰 돌이라고 한다. 큰 돌에다 용이 구름을 타고 승천하는 듯한 문양(紋樣)을 조각했다. 저 돌을 운반하는데 여러 묘책이 동원되었다고 한다. 이곳은 정말 유물의 양적 측면이나 규모, 그리고 질적 측면 모든 면에서 보는 이를 압도한다. 세로로 길게 되어 있어서 진짜 용들이 하늘로 올라가는 듯한 느낌

을 받았다.

　그런데 만리장성(萬里長城)도 그렇고 여기 자금성도 그렇고 결과물로서의 건축물과 예술 작품들은 세계문화유산(世界文化遺産)이요, 보물로 그 가치를 인정받고 세계의 많은 사람들이 사랑한다.

　그러나 그런 건축물이나 예술품들을 만들 당시 얼마나 많은 사람들이 희생되었을까 하는 생각이 불현듯 들었다. 만리장성을 보면서 수많은 민중의 죽음을 슬퍼하면서 이를 비판해야 한다고 하시던 국사 선생님의 말씀이 생각이 났다.

　저 돌은 예술적 가치가 충분히 있지만, 그 속에는 수없이 많은 이름 없는 사람들의 피가 배어져 있을 것이다. 통나무를 바퀴로 삼아 저 돌과 이 자금성을 만드는 돌을 운반했다고 한다. 그리고 겨울에는 물을 뿌려 빙판을 만들어서 각종 재료들을 운반했다고 하는데, 그러한 노동을 했을 사람들의 노고를 생각해야 한다. 눈 앞에 보이는 작품의 아름다움에만 빠져 감탄만 하다가 그 속에 숨겨진 비극적인 내용을 보지 못하면 안 될 것이라는 생각을 했다.

　이 찬란한 자금성을 만들기 위해 얼마나 많은 사람들의 피와 살이 희생되어야 했을까? 과연 저러한 작품에 대해 인류 문화에 기여하니까 가치가 있다고 여겨야 하는 것인가,

아니면 그 속에 숨은 의미를 생각하고 이를 비판적으로 바라보아야 하는가에 대해 선뜻 결론이 내려지지 않는다.

어찌되었든 지금 이곳을 관람하고 있는 사람들은 모두 저용이 승천하는 모양이 장식된 커다란 돌을 보며 중국의 황제에 대해 경탄하고, 중국 문화의 우수성에 대해 놀라고 있다. 나도 역시 마찬가지다.

벌써 꼬박 세 시간을 넘게 걸어 다녔지만, 다니는 곳 마다 새로운 볼거리가 나타나서 계속 경탄을 하면서 힘이 드는지도 몰랐다. 걷다 보니 이제 마지막 지점이다.

이곳에 오니 어제 이화원(頤和園)에서 보았던 이상한 석물들이 있었다. 불교나 도교와 관련된 석물로 보였다. 여성들이 관여하는 곳에는 이렇게 기괴한 석물들로 장식을 해 놓았는데, 황실 여성들의 독특한 취향이 아닌가 하는 생각이 들었다. 뒤로 가면 갈수록 도교적 색채가 진하게 드러나는 느낌을 받았다. "무위(無爲)"라고 적힌 현판(懸板)[1]도 있었으니 말이다.

---

[1] 글자나 그림을 새기어서 문 위에 다는 널조각. 흔히 절이나 누각, 사당, 정자 따위의 들어가는 문 위, 처마 아래에 걸어 놓음.

그런데 이 자금성의 마지막 지점에서 가장 인상 깊었던 것은 두 개의 나무가 서로 하나가 되어 자란 것이다. 이는 흡사 자금성에 전시된 유물들을 상징하는 것 같았다.

자금성은 중국의 긴 역사를 담고 있는 건물인데, 이곳에 서양에서 들어온 과학 기재(器材)와 서적 특히 시계를 전시하고 있다. 동양의 전통 아래 서양의 것이 보태져서 새로운 문화로 융합된 것이다. 저 나무가 지금 나에게는 그렇게 보여진다.

중국 황족들이 나무를 심었을 때는 처음부터 이런 의도는 아니었을 것이다. 그저 나무가 신기하게 합체되어 자라는 것을 보고 미관상(美觀上) 가져다 놓았을 수도 있다.

하지만 중국이 자금성에다 의도적으로 서학적 사고를 담은 것들을 전시하는 것을 보면 21세기 중국이 지향하는 모습이 그려진다. 두 나무가 하나로 만나 자라는 모양 말이다.

동아시아의 문명과 서양의 문명이 하나가 되어 세계화된 문명이 만들어 질 것이다. 자금성을 답사하면서 중국이 이러한 의도를 가지고 차근차근 대비하고 있다는 생각이 들었다.

올림픽을 계기로 많은 일들이 치밀하게 본격적으로 시작될 것 같다. 자금성 후원의 저 나무처럼 중국은 문명들을 하나로 융합시키고 그 중심에 서려고 할 것이다.

그렇다면 나는 무엇을 해야 하는가? 이것이 자금성이 나

에게 던진 질문이다. 중국이 이러한 역사적 전통을 기반으로 서구의 정치 · 경제 · 사회 · 문화를 융합해 나갈 때 '한국인으로서 나는 무엇을 해야만 하는가'란 사명감에 대해 생각을 하니 갑자기 모골(毛骨)이 송연(竦然)해진다.

북한 음식점에서 느낀 동질감과 신토불이

　자금성을 나오니 벌써 1시가 되었다. 우리는 허기를 채우기 위해 음식점을 찾았다. 이 근처에 북한 음식점이 있다며 가이드 아저씨께서 안내하셨다.

　나는 북한 쟁반 비빔냉면을 먹었다. 자금성에서 지치도록 돌아다녀서 그런지 시원하고 매콤하여 너무 맛이 있었다. 느끼한 중국 음식만 먹다가 한국 음식을 먹으니 살 것 같았다. 솔직히 중국에 와서 음식이 잘 맞지 않아서 고생을 했다. 그래도 나는 먹성이 좋은 편이니 괜찮을 거라 생각했는데 갈

수록 힘이 들었다. 그러던 참에 북한 냉면을 먹으니 온 몸이 다시 살아나는 기분이었다.

신토불이(身土不二)란 말이 정말 맞는 것 같다. 우리 땅에서 난 야채와 고기로 음식을 해 먹어야지 정상적인 컨디션을 유지할 수 있다.

물론 습관과 관습이 중요하지만, 신토불이처럼 쉽게 남들이 이해하기 힘든 그 이상의 것도 있는 것 같다. 역시 인간은 자신이 태어나고 자란 토양에서 살아야 한다는 생각이 들었다.

음식점에는 북한 여자 점원들이 한복을 곱게 차려 입고 서빙을 하고 있었다. 북한 노래가 흘러나오는데 민요(民謠)[1] 같았다. 어디서 들어본 것도 같고, 처음 듣는 것도 같은 민요 가락이었다.

북한사람으로 보이는 아저씨들이 양복을 입고 식사를 하러 들어오는 것이 보였다. 북한 사람이 바로 옆에 있다고 생각을 하니까 왠지 좀 이상했다.

나는 무슨 연유인지 모르겠지만 북한 사람들은 성격이 합

---

1 민중(民衆)들 속에서 생겨나 민중들의 생활(生活) 감정(感情)을 소박(素朴)하게 나타내고 민중들이 오랫동안 전(傳)해 내려오며 즐겨 부르는, 비교적 간단하고 독특한 가락으로 된 노래.

리적이지 못하고 모난 것 같다는 선입견을 가지고 있다. 핵
문제가 있었을 때에도 호전적으로 한국과 미국에 대치하는
것을 보고 더욱 그런 생각이 들었던 것 같다. 그런데 이상한
점은 이곳에서 직접 북한 사람들에게서는 그런 호전성을 발
견할 수 없었다.

북한 음식점에서의 식사는 여느 한국 음식점에서와 비슷
했다. 그렇게 이질감(異質感)도 크지 않고 낯설지도 않았다.
특히 음식 맛에 있어서 중국 음식과는 확연히 다른 한민족
들끼리의 동질감(同質感)을 느꼈다. 김치와 깍두기가 나왔는
데 맛이 매우 좋았다. 냉면도 한국에서 먹던 것과 비슷해서
거부감이 전혀 생기지 않았다.

같은 민족에 대해 논할 때 단순히 감정적인 것에만 국한되
지는 않는다는 생각이 든다. 음식과 복장·언어·지역 등을
모두 다 포괄(包括)해서 논의해야 한다는 것이 내 생각이다.

확실히 북경에서 북한 음식을 먹으면서 자금성을 통해 동
아시아의 보편성(普遍性)에 대해 생각하다가도 같은 민족에
대한 의식이 더 강하게 다가온다.

아무리 한·중·일(韓·中·日)을 아우르는 보편적인 문화
가 중요하다 하더라도 역시 한민족 고유의 특수성이 더 중
요한 것 같다. 북경에서 평양 김치를 먹으면서 든 생각이다.

이런 생각이 이 답사와는 포인트가 맞지 않는 관점일 수는 있다. 하지만 한민족끼리 끌어당기는 힘은 그 무엇보다 강한가 보다.

북한의 김치와 냉면은 나에게 한민족의 동질감을 느끼게 했다. 같은 민족으로 음식과 의복(衣服) 문화를 같이 해 왔다는 것이 이렇게 편안하고 동질감을 느끼게 하는 것인지 몰랐다.

고조선(古朝鮮)을 정식 역사로 복원시킨다는 기사를 보았다. 그렇게 되면 북한과 남한 사이의 괴리감(乖離感)을 조금이나마 극복할 수 있을 것이다.

고조선(古朝鮮)과 고구려(高句麗), 발해(渤海) 등의 역사에 대해 나는 아직 공부가 덜 되어 있지만, 대학에 들어가면 이 북방(北方)에 거주했던 옛 조상들의 역사에 대해 깊이 연구해 보고 싶다.

400년전 죽은 마테오 리치의 북경올림픽에서의 역할

북한 음식점에서 식사를 맛있게 하고 사진도 찍은 후, 마테오 리치(Matteo Ricci)[1]의 묘로 향했다. 이번 답사일정 중 또 하나의 중요한 곳이다.

나는 2006년 말에 세례식(洗禮式)을 받았다. 그리고 뭔가 이상한 종교 체험을 했다. 잘 설명할 수 없는 기이한 경험들이 일어났다. 그래서 더욱 어떻게 주님이 한국에 오셨는가 하는 것이 궁금했다. 내가 읽고 있는 성경과 교회인들이 믿고 있는 신념의 근원(根源)에 대해서도 알고 싶었다.

하나님은 진정 존재하는 것일까? 나는 어떻게 태어났고, 무슨 이치로 이렇게 살아가고 있는 것인가? 이러한 의구심과 함께 우선 어떻게 천주교가 한국에 들어 왔는지 알고 싶었다. 지금 나는 기독교를 믿고 있지만 천주교와 기독교는 결국 하나님을 정성으로 모신다는 전제하에 같은 뿌리의 종교라고 생각한다.

---

1 이탈리아의 예수회 선교사(1552~1610년)로 중국에 최초로 선교한 인물. 중국 이름은 이마두(利瑪竇). 명나라 만력제(萬曆帝)로부터 베이징(北京) 정주를 허가받고, 중국에 가톨릭 포교의 기초를 쌓았다. 중국에서 전교하기 위해 서양의 학술을 중국어로 번역하였는데,『기하학 원본』,『곤여 만국 전도』등이 그것이다. 또한 저서인『천주실의』는 한국의 천주교 성립에 결정적인 영향을 미쳤다.

북경에는 이러한 나의 궁금증을 풀어줄만한 단서(端緒)가 있었다. 바로 "천주실의(天主實義, De Deo Verax Disputatio)"[1] 라는 성경 해설서를 지은 마테오 리치였다. 마테오 리치는 이렇게 나의 종교적인 문제의식 때문에도 중요했지만, 조선 후기 지식인들에게는 서학(西學)을 전달한 사람으로 더욱 중요하다.

천주교와 서학은 같이 들어왔다. 이 "텅공짜란"[2] 선교사 묘지에는 이렇게 서학과 천주교를 함께 가지고 동양으로 온 사람들이 묻혀있다.

본래 800여개가 넘는 묘지가 있었다고 하지만, 지금은 63개만 남아있다. '01'번 묘지가 바로 이마두(利瑪竇)라고 일컬어지는 마테오 리치(Matteo Ricci)묘이다. 그는 1552년에 태어나서 1610년에 죽었다.

마테오 리치는 명말(明末) 천주교 선교사업의 개척자이다. 명대(明代)[3] 1582년에 중국에 들어와, 1601년 이후에는 북경

---

1 예수회 소속 이탈리아 신부 마테오 리치(Matteo Ricci : 利瑪竇)가 한문으로 저술한 천주교 교리서.
2 북경행정학원(北京行政學院) 내에 위치한 외국인 선교사 묘지로 17세기 이후 서방에서 건너온 많은 선교사들의 묘와 묘비가 안치되어 있는 곳. 이 텅공짜란에 묻힌 최초의 인물은 바로 이탈리아의 선교사 마테오 리치(Matteo Ricci; 1552~1610년, 利瑪竇)였음.
3 한족(漢族)이 몽골족이 세운 원(元)나라를 멸망시키고 세운 통일왕조 (1368~1644년). 한족의 지배를 회복한 왕조로, 이자성(李自成, 1606~1645

에서 역법·기하학·지리·천문은 물론 천주학을 널리 전파하였다. 그는 약 27년간 중국에 거주하면서 많은 서적들을 집필하고 예수회가 지향하는 선교사업을 시행하였다.

'천주실의(天主實義)'에서는 불교를 비판하고 유교를 옹호하는 집필 전략을 세웠다. 성경 속의 내용과 옛 사서삼경(四書三經)[1]의 내용이 유사하다는 것을 증명하면서 중국의 지식인들을 포섭해 나갔다.

특히 마테오 리치는 GOD(하느님)와 상제(上帝)의 개념이 같은 것임을 주장한다. 이는 시경이나 서경 등의 사서삼경에 나오는 상제의 개념이 성경 속의 GOD의 의미와 같다는 것을 증명하여 유교와 가톨릭의 동질성을 주장하려 한 것이다. 이는 예수회의 선교 논리에 근거한 것이다.

이러한 작업을 하기 위해서 그는 중국어 공부와 경서(經書)[2] 공부를 열심히 했다. 언어와 풍습을 익혀서 완전히 중국화 한 후 자신의 생각을 중국인들에게 관철시키려 했으나, 뜻을 다 펴지 못하고 1610년 과로로 숨져 이곳에 안치된다.

년)의 난으로 멸망함. 명대(明代)는 중국이 근대화하는 시기와 직접 접속되는 시대로서 중요한 성장·변혁기였음.

[1] 사서(四書)와 삼경(三經)을 아울러 이르는 말. 곧 〈논어〉·〈맹자〉·〈중용〉·〈대학〉의 네 경전과 〈시경〉·〈서경〉·〈주역〉의 세 경서를 이름.

[2] 옛 성현들이 유교의 사상과 교리를 써놓은 책. 〈역경〉·〈서경〉·〈시경〉·〈예기〉·〈춘추〉·〈대학〉·〈논어〉·〈맹자〉·〈중용〉따위를 통틀어 이름.

이렇게 마테오 리치가 전래하려고 한 천주교는 원래 경교 (景敎)[1]라고 하여 당나라와 원(元)나라 때부터 들어왔다는 설(說)이 있다. 그러나 정설(定說)은 아니고, 확실한 것은 북 경에서도 마테오 리치에 대한 재조명 작업을 거창하게 하고 있다는 생각이 들었다. 자금성에서 본 서양의 과학 기재들이 나 탕약망(湯若望)[2]의 유물들이 이를 증명한다.

로마 교황은 1568년에 카르네이로를 중국 주교로 임명한 다. 이를 이어 1573년에는 발리냐니가 40명의 선교사들을 이끌고 마카오(Macao)[3]로 들어온다. 이후 발리냐니의 요청 으로 도학한 루지에리[4]는 마테오 리치를 중국으로 인도했 다고 한다.

이는 모두 예수회 소속인데, 유럽에서 철학과 과학 분야

---

1 옛 중국에서 '네스토리우스교'를 이르던 말. 당(唐)나라 태종 9년(635) 페 르시아인에 의하여 중국에 전래됨.
2 샬폰벨(Johann Adam Schall von Bell, 1591. 5. 1~1666. 8. 15)의 중국식 이름. 독일 쾰른 출생의 예수회 신부로서 중국에서 활약한 선교사로, 천 문 · 역법에 밝아 월식을 예측하여 명성을 얻었다. 주요 저서로 〈시헌력〉 (時憲曆) 등이 있음.
3 중국 난하이(南海) 유역 주강(珠江) 하구의 서쪽에 있는 특별행정구로 주 하이(珠海)와 인접해 있음. 16세기 중엽 포르투갈에 점령당하였다가 1999 년 12월 20일 중국의 주권 회복과 동시에 특별행정지구로 지정되었다. 주 민의 60%는 중국 대륙에서 전입해온 사람들이며, 나머지 40%는 현지인으 로 구성. 총인구 중 중국인 95.2%, 포르투갈인 2%, 필리핀인은 1.2%로, 언어는 광동어를 사용함.
4 루지에리(Michaele Ruggieri, 1543~1607년). 이탈리아 예수회 신부, 중국 이름은 羅明堅. 그가 중국어로 쓴 카톨릭대사전 성교실록(聖敎實錄)은 최 초의 교리서로 한국 천주교의 탄생과 성립에 막대한 영향을 주었다고 함.

에서 고등교육을 받은 이들 학자들이 마카오에 머물면서 중국어 공부를 하게 된다.

1585년 마테오 리치와 루지에리는 광동성(廣東省)[1]의 수도인 조경(肇慶) 지부(知府)를 방문하여 정중한 예절을 갖추고 선교 허락을 요청하여 허락을 받아 낸다.

서문 밖에 성당을 지을 수 있게 된 것이다. 조경에 3층짜리 유럽식 성당을 건축한 마테오 리치는 중국인들의 전통문화와 조화를 이루는 방식으로 선교사업을 했다. 무력이나 마찰을 피하고 동화(同和)작업을 한 것이다.

루지에리는 광동에 정착한 이듬해인 1584년에 한문으로 "성교실록(聖敎實錄)"[2]을 지었다. 한문으로 된 천주교 서적으로는 최초라고 한다. 마테오 리치는 이때 "산해여지전도(山海輿地全圖)"[3]를 제작한다. 이 지도는 중국 대륙을 중심으로

---

1 중국 남부에 있는 성(省). 약칭하여 '웨(粤)'라고도 하며, 성도(省都)는 광저우(廣州)이다. 남중국해(南中國海; 난하이(南海)) 연안에 위치하여 홍콩·마카오와 인접하며 동남아를 마주보고 있음. 해안선은 약 4,310km이며, 중국 남쪽의 관문으로서 수륙교통의 요충지임. 인구 구성은 한족(漢族)을 비롯한 53개 민족이 있으며, 소수민족의 비율은 약 1.4%임.
2 미켈레 루지에리(Michaele Ruggieri, 1543~1607년)가 저술한 16세기 최초의 중국어로 된 그리스도교 서적임.
3 중국 카톨릭교의 개조(開祖)이며 중국 신문화의 개척자인 예수회 신부 마테오 리치(Matteo Ricci; 중국명 利瑪竇)가 제작한 동양 최초의 세계지도.

한 동아시아만 알고 있던 당시 중국인들에게 큰 반향을 일으켰다. 그러나 마테오 리치와 루지에리는 강하게 천주교의 종교적인 믿음을 제시하지는 않았다. 그의 말을 인용하면 다음과 같다.

과연 선교를 하고 있는가 하고 의심이 갈 정도로 신부들은 교회법(敎會法)에 대해 명확히 가르치려 하지 않았다. 남은 시간이 있으면 무엇보다 중국의 언어·문화·예법을 익혀 중국인들에게 자신들의 모범적인 삶의 자세를 보여줌으로써 그들의 인정을 받아 교인(敎人)으로 만드는 방법을 사용하여 언어와 시간 부족의 장벽을 극복하려 애썼다.

이 같은 방법은 문화 전통에 대한 자부심이 강한 중국인들에게 효과적이었다. 특히 마테오 리치는 중국의 유식층(有識層)이나 실권층(實權層)을 공략했다.

지배 계층의 종교인 유교의 문화 양태를 파고들었던 것이다. 당시 중국의 사회체제가 북경의 황제를 정점(丁點)으로 한 강력한 중앙집권 체제인 것을 안 선교사들은 황제의 명령이 매우 중요하다는 것을 직시했다. 이에 루지에리는 로마 교황청에서 직접 황제에게 사절을 보내 선교 허락을 받아야 한다고 생각하고, 이태리로 귀국한다.

그러나 그는 1607년 사망함에 따라 중국 선교는 마테오 리치를 중심으로 추진된다. 이렇게 유식자 계층과 실권 계층을 타겟으로 하는 선교사업이 진행된다.

1589년 마테오 리치는 소주(韶州)로 가는데, 거리에서 유명한 학자인 구태소(瞿泰素)[1]를 만나 교류한다. 여기서 그는 사제복을 벗고 유학자 복장을 한다. 그리고 그의 도움을 받아 "사서(四書)"를 라틴어로 번역한다. 마테오 리치가 중국인들로부터 "태서학자(泰西學者)"[2]라는 칭호를 듣게 된 것도 이때이다.

미테오 리치는 남창(南昌)에 6년간 머물면서 "천학실의(天學實義)", "교우론(交友論)"[3], "서학기법(西學技法)" 등을 저술한다. 1595년 처음으로 북경을 방문하고, 1601년 드디어 남경(南京) 관리 축세록(祝世祿, 1539~1610)과 장맹남 등의 지원을 얻어 동료 판토자와 함께 신종황제(神宗皇帝)[4]를 북경에서

---

1 당대의 유명한 대유학자(大儒學者). 1589년 소주(韶州 : 지금의 소관〈韶關〉)에서 마테오 리치(Matteo Ricci)와 교류함.

2 서양학자(西洋學者)를 가리킴. 마테오 리치(Matteo Ricci)는 중국에서 세계지도인 〈만국여도〉(萬國輿圖)를 만들어 중국의 우주관에 큰 충격을 주었으며, 베네치아의 프리즘, 해시계, 자명종, 유럽의 서적 등을 중국 지식층에 소개하여 태서학자(泰西學者)로 불렸음.

3 마테오 리치(Matteo Ricci)가 중국어를 배워 중국어로 쓴 최초의 책. 1595~1598년 남창(南昌)에 머무는 동안, 황실의 두 왕자와 친구가 되었는데, 그 중 한 왕자의 부탁을 받고 교우론(交友論)을 씀.

알현할 수 있었다.

자명종(自鳴鐘)을 비롯한 진기한 서양 물품을 선물로 받은 신종은 마테오 리치 일행을 북경에 거주토록 하였다. 특히 이때 선무문(宣武門) 안의 사찰 하나를 하사하여 교회로 사용 하도록 하였다. 이것이 지금의 남당(南堂 : 천주교회)이다.

북경에 성공적으로 정착한 마테오 리치는 정부 관리와 학 자들의 방문을 받고 천문・수학・철학과 기독교 교리에 대 해 학문적 교류를 한다.

거기에는 형부상서(刑部尙書) 소대형(蕭大亨), 형부시랑(刑部 侍郎) 왕여훈과 같은 고위 관리들도 있었다. 이지조[(李之藻, 명(明)나라 학자], 서광계[徐光啓, 명(明)나라 문연각 대학사], 풍 응경(馮應京)같은 유명한 학자도 마테오 리치를 찾았다.

이들은 차후 세례를 받아 천주교회의 신앙 확산에 주요한 인물이 되었다. 이들 학자들의 도움을 얻어 마테오 리치는 "천주실의(天主實義)", "기하원본(幾何原本)" 등 한역 서학서(漢 譯西學書)와 "양의현람도(兩儀玄覽圖)" 등 세계지도를 만든다.

학문을 통해 황실과 상류층으로부터 인정을 받은 마테오

---

4 신종(神宗) 만력황제(萬曆皇帝)는 명(明)나라의 제13대 황제로 이름은 주 익균(朱翊鈞; 1563~1620년), 목종(穆宗)의 셋째 아들로 목종이 병사한 후 황위를 계승하여 48년간 재위하였으며 58세에 병사함.

리치는 본래의 목적인 선교 사업에 본격적으로 착수한다. 1605년 남창에 예수회 초등학원을 세우고, 1609년에는 전교 단체인 천주성모회를 조직한다. 그 결과 2000여명의 교인을 확보하게 된다.

마테오 리치는 사후(死後)에 디팡토야란 사람의 각고의 노력으로 묘지를 하사 받아, 남당에 가매장되었다가 이곳에 안장되었다. 물론 묘지의 원형은 여러 차례 파괴되었다.

마테오 리치의 묘 좌측에는 아담샤알(湯若望, Johann Adam Schall von Bell ; 1592~1666년)의 묘가 있고, 우측에는 페어비스트(南怀仁, Ferdinand Verbiest ; 1623~1688년)의 묘가 함께 자리잡고 있다. 나머지 60개의 묘는 크게 하나로 모아 놓았다. 재미있는 것은 묘비는 중국식인데 무덤은 서양식이라는 것이다.

당시 장례식은 롱고바르도(龍華民, Nicolas Longobardo ; 1559 ~1654년)에 의해 행해졌다고 한다. 이 묘지 또한 그에 의해 설계되었다.

"제경경물락(帝京景物略)"이라는 책에 마테오 리치의 묘비에 대한 설명이 있다.

그의 묘는 중국 전통 양식을 모방하여 아래로는 장방형의 단, 위는 반원주체형이다. 묘 뒤로는 천정이 둥근 육각좌의

당을 짓고 십자가를 두었다. 뒤 담벽에는 화문 장식, 위에는 용의 꼬리, 가운데는 나비의 촉수, 아래는 코끼리의 코와 같은 문양을 각기 조화를 이루게 넣었다고 하는데, 아쉽게도 현재는 파괴되어 없다.

내가 행정대학원에 문의해서 찾아 간 곳이 바로 위 사진의 묘이다. 무덤을 찾기에는 아주 알맞은 분위기였으니, 진짜 묘지에서 귀신이 나올 것 같은 음산한 날씨였다.

서양과 동양이 조화를 이룬 묘였는데, 양옆에는 용의 문양이 있었다. 매우 용맹스러운 용이 하늘을 날면서 불을 뿜고 있었다. 팔각형의 틀 안에 구름과 용이 어우러져서 역동적인 모습을 자아냈는데, 머리가 상당히 커서 어찌보면 귀여워 보이기도 했다. 중국인들은 역시 용을 좋아하는 것 같다.

통로의 양옆 위쪽에는 파괴된 석상이 있었다. 사자 같은 동물 두 마리였는데, 한 마리는 모두 파괴되고, 다른 한 마리는 얼굴 부분이 부분적으로 파괴되었다.

의화단의 난과 문화대혁명 때 파괴된 것이라는데, 이 묘지는 그 질곡의 역사를 반영하는 것 같았다. 왼쪽 상은 완전히 파괴되어서 모습을 전혀 알아볼 수 조차 없었다.

정문을 지나면서 당시 보수적인 성향을 띠었던 중국인들

이 마테오 리치와 같은 선교사를 얼마나 적대시했는지 알
수 있을 것 같았다. 그나마 예수회 선교사들이 융화정책을
써서 저 정도로 남지 않나 하는 생각이 들었다.

서구를 몰아내고 전통을 부활시키려고 했던 중국 민중들
이나 사상 통일을 원했던 중국 공산당 모두 마테로 리치의
사상을 적대시할 수밖에 없었으리라.

이는 매우 흑백논리(黑白論理)에 가까운 것이라고 할 수 있
다. 동지가 아니면 적이라는 생각에 내 것과 맞지 않으면 무
조건 파괴하려고 했던 것이다.

상대를 처음부터 자신과 같지 않다는 이유로 적대시하는
태도는 역사의 비극으로 증명되었으니, 이는 인류가 극복해
야 할 중대한 정신적 문제라고 생각한다.

묘지 정면의 문이 파괴된 것과 결부하여 위 사진의 양(羊)
의 모형도 수난의 역사를 생생하게 전하고 있었다. 이 양 모
형은 원래 두 마리였다고 한다. 이곳에 근무하며 해설해주는
심선생님이란 분께서 상세하게 설명을 해 주셨다.

이 동상은 성경에 나오는 양을 형상화한 것이라고 했다.
양이 무릎을 꿇고 있는 모양이다. 흡사 세례를 받기 위해 경
건한 자세를 잡고 있는 것 같았다.

그런데 이것도 역시 의화단 운동과 문화대혁명 때 이리저

리 파괴되고 땅에 묻혀서 하나밖에 남아있지 않다고 한다. 나머지 하나는 이곳 어딘가에 묻혀있을 거라고 심 신생님이 말씀하셨다.

성경 속에 등장하는 어린 양. 이것은 우리 인간을 상징한다. 무릎을 꿇고 있는 양을 보니 세례를 받던 나의 모습이 생각이 났다. 성경을 읽고 세례 준비를 하며 크리스마스를 보내던 어린 양이 되어가던 나를 이곳으로 인도한 것은 '어떤 보이지 않는 손'의 이유가 있는 역사(役事)이리라.

이 어린 양의 모형은 아마도 동양에서 가장 오래된 것일 거라는 생각이 들었다. 저 평온하고 경건한 표정을 한 양의 얼굴이 머리에서 지워지지 않는다.

지금 이 글을 쓰면서 예전에 읽었던 성경 구절이 하나 머리를 스친다.

"교만은 패망의 선봉이요 거만한 마음은 넘어짐의 앞잡이니라"(Pride goes before destruction, and a haughty spirit before a fall" Proverbs 16:18).

마치 저 양이 나에게 전해주는 메세지 같았다.

묘당 안으로 들어가니 정면에 마테오 리치의 묘비가 있었다. 그의 묘비는 옆에 있는 탕약망(湯若望, Johann Adam Schall Von Bell : 1592~1666년)과 남회인(南懷仁 : Ferdinand Verbiest : 1623~1688년, 벨기에인 선교사)[1]의 묘비보나 훨씬 크고 화려했다. 비문은 오른쪽에는 한문으로 쓰여 있고, 왼쪽에는 라틴어로 쓰여 있었다.

동양 언어와 서양 언어의 융합을 꾀한 듯한 인상을 받았다. 그리고 이 비문은 장미꽃으로 장식하여 둘려있었다. 위쪽은 용 두 마리가 여의주를 놓고 맞잡은 형상이며, 여의주 밑에 구름이 장식되어 있다. 그리고 그 밑으로 정사각형이

---

1 페르디난드 베르비스트(Ferdinand Verbiest, 1623.10.9~1688.1.28). 벨기에 출신 예수회 선교사. 1659년 청나라에 들어가 천문·역사 서적을 편찬하였고, 대포 제작으로 황제의 마음을 사 관직에 오르는 등, 러시아와의 회담에서 통역자로 일하며 시베리아를 통한 러시아 육로 횡단 정보를 얻어내기도 함.

있는데, 거기에는 십자가 상이 있다. 나도 심선생님이 설명을 해 주시지 않았다면 십자가를 못 보았을 것이다. 희미한 상을 한 십자가가 있었다.

위의 사진만으로는 십자가가 잘 나타나지 않는다. 아마도 올림픽을 계기로 저 십자가 문양을 보다 잘 보이게 하는 작업이 상징적으로 진행될 것이라는 생각이 들었다. 동서문명, 아니 중국인이 말하는 중서문명의 융합을 꾀하는 현재의 중국은 아마도 2008년에는 저 십자가를 보다 선명하게 복원시켜 자국의 문화와 조화시킬 것이다. 그리고 이것들을 올림픽을 계기로 서양 사람들에게 보여줄 것이다.

그런데 이것은 바로 마테오 리치가 16~17세기에 미리 포석을 깔아 둔 것이 아닐가?

그리고 내가 지금 여기 와서 이렇게 답사를 하면서 종교적 순례를 하는 것도 다 그럴만한 운명적이면서도 필연적인 이유가 있을 것이다.

혼자 이런 생각을 하고 있는데, 심선생님께서 이 묘비는 의도적으로 동서양의 융합을 꾀했다고 설명하시는 게 아닌가? 나의 상상이 맞아떨어진데 대해 화들짝 놀랐다. 한자와 라틴어, 용과 장미, 십자가와 여의주 등등 동양과 서양을 상징하는 것을 함께 디자인했던 것이다.

이것은 현재 중국이 진행하고 있는 작업과 일맥상통한다. 자금성에서도 보았듯이 중국은 지금 동양과 서양을 중국 안에서 융합시키며 동서문화(東西文化)의 구심점이 되려는 것이다.

그래서 서양 사상과 종교 문화와의 교류에 대한 여러 사항들은 중점적으로 정비하고 있다고 생각을 해왔는데, 여기 와서도 이러한 의도를 분명히 느꼈다.

마테오 리치의 묘에서 나는 종교적 갈등을 풀고 중국의

문화적 팽창의 야욕과 경제적 도약의 기운을 느낄 수 있었다. 날씨가 매우 춥고 음산했지만 심선생님의 여러 설명을 들으며, 당시 마테오 리치의 고민과 중국인들의 대응 태도에 대해 잘 이해할 수 있었다. 그러나 한 시간 남짓 설명을 듣고 시간에 쫓겨 나의 지적 욕구를 충족시키지 못해 좀 아쉬웠다.

마테오 리치의 자취를 좇는 이러한 일련의 과정을 거치면서, 내가 마치 역사학자가 된 것 같은 지적 짜릿함을 느꼈다. 이미 누군가가 학술적으로 정리했겠지만, 마테오 리치의 흩어진 흔적을 조각조각 수집하며 역사적 진실을 찾아가는 과정이 나에게는 한없이 진귀한 경험이었다.

고대사(古代史)를 하루빨리 연구하고 싶은 조바심이 난다. 고대사를 연구하는 데에는 문헌과 각종 사료를 통해 자료 수집이 필요하다. 그리고 여기서 간혹 끊어진 연결고리가 있는데, 이것은 역사가의 시대를 초월하는 깊은 상상력이 필요하다고 사료된다. 이것이 역사학의 매력이 아닌가?

과학같은 객관적이고 실증적인 측면과 불완전하지만 인간의 체온이 느껴지는 따뜻한 상상력이 무궁무진한 조화를 이루어서 역사적 사실을 화려하게 빛낸다. 아주 먼 옛날 사랑에 빠졌던 고대인, 위대한 영웅, 비운의 왕 등 모든 이들에

게 감정 이입을 하고 그들을 느끼고 표현할 수 있는 역사가
는 확실히 행복하다.

나오다가 아주 의미가 있는 문양을 발견했다. 사슴·쌍
용·구름·학·원숭이 그리고 산과 나무 등등이 그려진 석
상이었다. 심선생님의 설명에 의하면 아주 미학적으로 가치
가 있는 것이란다.

사면과 밑단까지 각종 그림과 문양이 있었다. 이것들은
다 중국 자체·부귀·장수·서양 등등을 상징한다고 한다.

중국의 대부분의 건물이 그렇듯 이곳에도 여러 상징적인 의미를 가지는 동물과 신화적 캐릭터 그리고 문양이 즐비했다.

이것들을 다 이해하려면 연구를 많이 해야 할 것 같다. 하나하나가 지니는 의미가 적지 않아 어떤 석상이나 그림을 정확하게 해석하기 위해서는 많은 지식이 필요하다는 생각이 들었다. 심선생님과 가이드 아저씨가 설명을 해 주시지 않았다면 그냥 스쳐지나 갔을만한 것들이 너무 많았다. 역시 연구를 탄탄하게 해야겠다는 다짐을 해본다. 이런 석상 하나라도 제대로 해석하려면 엄청난 지식이 축적되어 있어야 한다는 것을 새삼 깨달았다.

벌써 어두워지려고 하고 있다. 너무 짧은 시간에 이곳 마테오 리치의 묘를 보려고 했다는 생각이 든다. 처음에는 사진 몇 장 찍을 생각이었는데, 심선생님께서 한 시간이 넘게 설명을 해 주셔서 생각보다 큰 수확을 얻었다.

이 모든 것이 주님의 은총이 아닌가.

2007. 1. 20

16 : 00
북경대여, 중국에 잠시 기다려라

호텔을 떠나 드디어 한국행 비행기를 타기 위해 중국 공항에 도착했다.

나의 답사에 길잡이가 되어 성심성의껏 가이드를 해주신 분께 감사의 말씀을 전하고, 잠시 쉬기 위해 짐을 놓고 자리에 앉았다.

이번 답사일정은 정말 타이트했다. 사진을 찍고, 기록을 하며 신체적인 피로 뿐 아니라 정신적 피로도 쌓였다. 또 호텔에서도 휴식을 취하지 못하고 일정을 짜서 점검하고 자료를 정리하느라 진이 다 빠졌다. 그러나 이 며칠간의 답사는

힘든 만큼 얻는 것도 많았다. 중국 대륙을 온전히 호흡한 답사였다고 자평한다.

비행기에 탑승하니, 정말 이제는 손 하나 까딱할 수 없을 정도로 녹초가 되었다. 그러나 정신만은 또렷하다.

내 생애 이 순간은 결코 잊지 못하리라. 내 비록 아직 고등학생의 몸으로 준비가 덜 되어 고국으로 돌아가나, 대학에서 역사학의 기초를 탄탄히 공부하고 다시 찾으마! 호랑이를 잡으려면 호랑이 굴에 들어가야 한다.

북경대여, 중국이여— 잠시 기다려라.

의식을 가진 한민족의 역사학도, 그러나 인류의 보편타당성을 잃지 않는 평정심(平定心)을 지닌 미래의 역사학자가 중국 본토에서 동북아 고대사에 천착(穿鑿)하여 한반도와 중국의 역사를 다시 쓰리니……